Martin Hentschel

Bürger Fritz Deutsch gegen die Mafia
Der Fall CAMAC AG

Ein Wirtschaftskrimi nach Tatsachen

INHALTSVERZEICHNIS

Das Buch ist der Familie, Freunden und Geschäftspartnern und den pflicht-
bewussten Beamten und Angestellten im Öffentlichen Dienst gewidmet.

Besonderer Dank gilt meiner Ehefrau Hanna.
Denn diese hat sich in der schweren Zeit an unseren Ehespruch gehalten:

Das ist eine rechte Ehe,
wo zwei sich geeint,
durch alles Glück und Wehe
zu pilgern, treu vereint.
Der eine, Stab des andern
und liebe Last zugleich;
gemeinsam Rast und Wandern
und Ziel - das Himmelreich.

Vorwort

Martin Hentschel hat den Kampf des Bürgers Fritz Deutsch aus eigener Erfahrung als Unternehmer geschrieben.

Hiermit wird die Innenansicht eines politisch-wirtschaftlichen Kriminalfalles in der Zeit von Wiedervereinigung und Aufbau Ost dargestellt.

Der Verfasser zeigt in seiner Kriminalgeschichte die negativen Seiten und Möglichkeiten im Zusammenspiel der Kräfte zwischen Politik, Justizorganen, Banken und den Wirtschaftsinteressen einzelner Personengruppen. Dieses Buch könnte zur Pflichtlektüre für jeden Studenten der Wirtschaftswissenschaft und der Juristerei, ferner Pflichtlektüre für jeden Unternehmer in der Bundesrepublik Deutschland werden.

Geleitwort

Die Staatsmacht ist geprägt von den Elementen Recht und Macht.

Nur die Verbindung beider Elemente zeigt die demokratische Staatsmacht. Das Buch zeigt unerbittlich das wirkliche Leben in der Gemeinschaft. Der Aufbau des Buches folgt zumeist der Chronologie der erfolgten Tatsachen, der Arbeit aller bisher bekannten Akteure, es verdeutlicht Strukturen "hinter den Kulissen" der Politik, der Justiz und der Wirtschaft. Der Roman ist eine Kriminalgeschichte. Die Leichen zeigen sich nicht körperlich, sie zeigen sich gesellschaftlich, geistig, finanziell. Doch es bleibt die Suche nach den Tätern. Die Suche entwickelt das Unglaubliche - eine Staatskriminalgeschichte der heutigen Zeit.

Dem Leser zum Studium empfohlen:

Auszüge aus dem Grundgesetz

Art. 34 Haftung bei Amtspflichtverletzungen

Art. 35 Rechts- und Amtshilfe

Art. 103 Grundrechte der Angeklagten

      Vor Gericht hat jedermann Anspruch auf rechtliches Gehör.

Auszug aus der Konvention zum Schutz der Menschenrechte

Art. 6

Jedermann hat Anspruch darauf, dass seine Sache in billiger Weise öffentlich und innerhalb einer angemessenen Frist gehört wird, und zwar von einem unabhängigen und unparteiischen, auf Gesetz beruhenden Gericht, das über zivilrechtliche Ansprüche und Verpflichtungen oder über die Sachhaltigkeit der gegen ihn erhobenen strafrechtlichen Anklage zu entscheiden hat.

Standort und Romanbasis

Die Handlung spielt in den Schicksalsjahren der Deutschen in Westdeutschland und Ostdeutschland nach der deutschen Wiedervereinigung.
Die Bundesregierung in Bonn, später in Berlin, versuchte in den neuen Bundesländern den völligen wirtschaftlichen, rechtlichen und gesellschaftlichen Anschluss aufzubauen und die Einigung abzuschließen.
Hierzu wurden mehrere Instrumente, Einrichtungen geschaffen, mit mehr oder weniger großem Erfolg. Zwei Entscheidungen prägten die Zeit danach. Zum Ersten die Entscheidung den Wiederaufbau der neuen Bundesländer durch die Finanzmittel der Rentenanstalt ("Blühende Landschaften im Osten") durchzuführen. So zahlten die Arbeiter und Angestellten mit ihren Rentenzahlungen den größten Teil der Aufbaukosten. Derzeit mit Transferleistungen von gesamt ca. DM 2.500.000.000.000.- (ca. 2,5 Billionen Deutsche Mark).
Andere Gesellschaftsschichten (Kapitalträger) zahlen bisher nichts oder nur geringfügig.
Zum Zweiten die Einführung der Institution "Treuhandanstalt". Eine Einrichtung, welche zur Aufgabe die Privatisierung der Staatsbetriebe auf dem Gebiet der ehemaligen DDR und die Rückentwicklung der privaten Vermögen an die ehemaligen Eigentümer vor der Zeit der DDR hatte. Diese Treuhandanstalt übernahm in 1990 ihre Aufgabe am Standort Berlin.

Zusammenfassung:
Die Bundesrepublik finanziert mit den gewaltigen Transferleistungen den Wiederaufbau der östlichen Bundesländer, gleichzeitig übernahm sie die riesigen Vermögen des Staates der DDR als Eigenvermögen oder in Treuhand für die Rückentwicklung der vorhandenen Vermögen an die früheren, rechtmäßigen Eigentümer.
Die Arbeit der Treuhandanstalt und der Nachfolgegesellschaft (ab 1994) Bundesanstalt für vereinigungsbedingte Sonderaufgaben (BvS) wurde in 2000 eingestellt. Jedoch wurde das Büro bis Ende 2003, mit einem Präsidenten an der Spitze, weitergeführt.

1. Der Unternehmer Fritz Deutsch denkt deutsch (1991…)

An einem sonnigen, warmen Augusttag in 1991 saß ich auf meinem Balkon, ein Glas mit Frankenwein in der Hand, und schaute in Richtung Schwanberg, "dem heiligen Berg der Franken". Für Nichtkenner der Örtlichkeiten: Der Schwanberg ist die höchste Erhebung des Steigerwaldes. Dieser Steigerwald befindet sich ca. 25 Kilometer östlich der Stadt Würzburg und wird nördlich von der Stadt Schweinfurt begrenzt. Das beschriebene Gebiet befindet sich im Bezirk Unterfranken, dieser wiederum ist der nördlichste Regierungsbezirk in Bayern. Und Bayern ist das südlichste Bundesland der Bundesrepublik Deutschland.

Wenn man einem älteren Zeitungsbericht glauben darf, ist Bayern das Wohnland mit den in Deutschland anteilig meisten großen Wirtschaftskriminellen (wirtschaftliche Straftäter genannt). Diese sollen südlich der Landeshauptstadt München, in den Seenlandschaften, zumeist am Tegernsee, beheimatet sein.

Der Frankenwein ermunterte mich über meine geschäftlichen Erfolge auf dem Gebiet der Umwelttechnologie ab 1982 und über den weiteren Aufbau der Firma ERAL GmbH nachzudenken. Ich, Fritz Deutsch, musste und wollte auch den Aufschwung in der Recyclingtechnik mitprägen und die angelaufenen Exportgeschäfte steigern.

Als Sohn eines Sachsen, dieser kam aus dem Umland der Stadt Leipzig, somit aus dem Gebiet der neuen Bundesländer, kam mir der Aufruf unseres Bundeskanzlers Dr. Kraut in den Sinn: Aufbau Ost durch die Aktivitäten der Unternehmer aus den westlichen Bundesländern. Warum sollte ich nicht die in Unterfranken geplante Produktionsstätte für Kunststoffrecyclinganlagen und das Technikum in Sachsen aufbauen? Dort gäbe es Arbeitsplätze, Arbeitskräfte und Förderungen durch den Staat. Und sicherlich weniger Bürokratie.

Ich wurde auf meinem Balkon aktiv und erstellte eine Aufgabenliste für meinen nunmehr geplanten Aufbau Ost. Mit einer Partnerfirma, einem ehemals volkseigenen Betrieb in der Verwaltung der Treubankanstalt, könnte das Aufbauziel erreicht werden, so dachte ich.

Die nächsten Tage, Wochen und Monate sollten die Kontakte und Verträge bringen. Das neue Unternehmensziel der ERAL GmbH stand fest.

Da zu den verschiedenen Kommunen in Sachsen und deren ehemaligen

KARO-Betrieben (Sekundär-Rohstoffverwertung) Kontakte schon vorhanden waren, ferner die Autofirma Sachsengut (Trabantproduktion) in Zwickau mit mir eine Studie und Testverfahren für das Recycling von Altauto-Kunststoffkarosserien durchführte, fand ich einheimische Helfer bei der Suche des potentiellen Firmenpartners.

Im November 1991 war die richtige Firma und Produktionsstätte gefunden. Die Treubankanstalt-Firma CAMAC AG, Halle, hatte eine Tochterfirma: Zwickmasch GmbH in Zwickau. Deren Geschäftsleitung war begeistert von der Produktionsmöglichkeit von ERAL-Kunststoffrecyclinganlagen und der Nutzung von Gebäuden zu Testzwecken dieser Anlagen. Weiterhin könnte die Eigenproduktion von Kompressoren wirtschaftlicher weitergeführt werden. Der vorhandene Maschinenpark könnte für beide Interessensgruppen genutzt werden. Alte Arbeitsplätze könnten erhalten und neue Arbeitsplätze würden geschaffen werden. Die Fördermittelbeschaffung und die Bürokratieabwicklung könnte der neue, zukünftige Partner Zwickmasch GmbH übernehmen.

2. Der KARO-Kaufvertrag und sein Treubankanstalt-Ende
(1990-1991)

Für den Leser muss ich noch die angesprochenen KARO-Kontakte durch
einen zeitlichen Einschub mit einem Beispiel näher erklären:
Im November 1990 fuhr ich als geschäftsführender Gesellschafter der ERAL
GmbH glücklich und zufrieden über die Autobahn Chemnitz - Zwickau zum
ehemaligen Grenzübergang bei Hof und weiter nach Hause. In meiner
Aktentasche befand sich mein erster (Teil-)Kaufvertrag über DM 1.850.000.-
aus Sachsen. Ich hatte ein gutes Gefühl. Ich war mit meiner Firma beim
Aufbau Ost dabei.
Die KARO-Handels GmbH, Chemnitz, war eine kapitalkräftige Rohstoffver-
wertungsfirma, angesiedelt zwischen Leipzig, Dresden und Aue, mit sehr
viel Grundbesitz und Bauimmobilien, Eigentümerin war die neue Treubankanstalt in Berlin. Die Geschäftsleitung wolle im Rahmen des DSD-Systems
in Deutschland ihre bisherige Aktivität weiterführen und voll in das Recycling von Kunststoffabfällen einsteigen. Die ca. 300 Arbeitsplätze sollten
zukünftig gesichert, erweitert und weiterhin das Recycling von Auto-Trabant-
karossen aus der gesamten ehemaligen DDR übernommen werden.
Im gleichen Monat wurde der Bundesminister für Umwelt, Naturschutz und
Reaktorsicherheit in Bonn, Dr. Keramikmacher, schriftlich von Herrn
Tramski, Geschäftsführer der KARO-Handels GmbH über diese Aufbauar-
beit von der KARO-Handels GmbH mit meiner Firma ERAL GmbH infor-
miert und um Unterstützung in Sachsen gebeten. Ich hatte ein gutes Gefühl.
Meine ERAL GmbH sollte die Technik zur Beseitigung der Kunststoff-Alt-
autos in Deutschland liefern. Meine Idee, mein zukünftiger Erfolg.
Im Februar 1991 erhielt ich vom Kunden aus Chemnitz ein Schreiben mit der
Information, die Treubankanstalt Chemnitz wolle einem Großentsorger aus
Köln die Firma KARO-Handels GmbH verkaufen. Weiterhin habe sich das
Bundesministerium für Umwelt gemeldet und mitgeteilt, dass eine Finan-
zierungshilfe und Unterstützung für das angestrebte Recyclingprojekt nicht
möglich sei.
Warum dies, da doch zwischenzeitlich andere Recyclingprojekte im Osten
gefördert wurden? Wer störte in Chemnitz die Weiterführung der Pläne von
Herrn Tramski? Der neue, mögliche Großentsorger mit neuen Plänen für
Sachsen beim Ministerium für Umwelt?
Zwei Monate später meldete sich bei mir telefonisch ein Treuhänder der
Treubankanstalt Chemnitz. Ein Dr. Weniger wünsche einen Gesprächs-
termin. Wieder hatte ich ein gutes Gefühl.

Jetzt würden endlich die Finanzmittel für den erteilten Auftrag überwiesen und weitere Aufbauarbeiten besprochen werden.

Das Gespräch fand in Chemnitz statt. Erstmalig wurde ich von meiner Frau Anna bei dieser Fahrt nach Sachsen begleitet. Dr. Weniger stellte sich als Notgeschäftsführer der KARO-Handels GmbH vor, im Auftrag der Treubankanstalt. Er habe den Auftrag die Firma KARO-Handels GmbH dem Großentsorger aus Köln zu verkaufen oder die KARO-Firmengruppe aufzulösen. Der alte Geschäftsführer, Herr Tramski, ein Kommunist (was er wohl als Geschäftsführer in der DDR sein musste), sei entlassen und habe Hausverbot.

Bei der Durchsicht der vorgefundenen Firmenunterlagen habe er den Kaufvertrag mit meiner ERAL GmbH vorgefunden. Leider sei dieser Kaufvertrag für ihn als Beauftragter der Treubankanstalt und als Steuerberater rechtmäßig erstellt worden. Meine Anna sah mich an und fragte mich: "Warum leider?" Herr Dr. Weniger wollte wissen, ob dieser Vertrag gelöst werden könne. Als Unternehmer war ich entsetzt. Da gab es eine Entsorgungs- und Recyclingfirma, welche aus eigener Kraft und mit eigenen Mitteln die Existenz von ca. 300 Beschäftigten sicherte und die Treubankanstalt wollte zerschlagen. Die Treubankanstalt wollte darüber hinaus kostenfrei meinen Kaufvertrag außer Kraft setzen. Natürlich lehnte ich diese Auflösung des Vertrages ohne eine Entschädigung für die ERAL GmbH ab.

Mit einer Vereinbarung vom Mai 1991 in Chemnitz, zwischen Notgeschäftsführer Dr. Weniger und mir, bekam die ERAL GmbH eine Kaufvertragsabstandsumme von DM 250.000.- bezahlt. Damit waren wenigstens die bisher angelaufenen Kosten abgedeckt.

Meine Träume vom Aufbau Sachsen mit ERAL-Recyclingtechnik waren beendet.

Der frühere Geschäftsführer der KARO-Handels GmbH, Herr Tramski, informierte mich einige Tage später über die Zerschlagung seiner ehemaligen KARO-Firma in Chemnitz. Auch würde der Großentsorger aus Köln zukünftig eine eigene, neue Entsorgungsfirma mit Fördermitteln im Raum Sachsen aufbauen. Die ehemaligen KARO-Mitarbeiter waren beim Arbeitsamt als Arbeitslose angelangt.

So lernte ich die Aktivität der Treubankanstalt schon in 1991 praktisch kennen: Vernichtung und Beseitigung von vorhandenen Immobilien- und Vermögenswerten und Arbeitsplätze zum Nutzen der Westdeutschen, dies durch beauftragte Unternehmensberater der Treubankanstalt. Gerüchte über diese Art der Schaffung von verbrannter Erde kannte man. Man glaubte nur diese Gerüchte nicht. Zumindest ich glaubte sie bislang nicht. Dieser Treuhänder Dr. Weniger sollte in meinem weiteren beruflichen Leben noch einige wichtige Rollen spielen. Doch dies konnte ich in 1991 noch nicht erahnen. Zum Trost und frustriert setzte ich mich wieder auf meinen geliebten Balkon, trank Frankenwein und schaute dabei zum Schwanberg hinauf.

3. Die Aktivitäten der alten Geschäftsführung von der KARO-Handels GmbH nach der Firmenzerschlagung durch die Treubankanstalt (1991-2000)

Gute Kontakte und Vertrauen haben einen langen Arm. Dies trifft leider auch für andere Kräftespiele zu. Zum Beispiel für gute Kontakte und Macht.
Der Geschäftsführer der ehemaligen KARO-Handels GmbH, Herr Tramski, gründete mit Partnern in Niedersachsen eine Recyclingfirma als PLAST GmbH und verlegte im Dezember 1991 danach den Firmensitz an seinen Wohnort Chemnitz. Man wollte sich selbst und den ca. 300 ehemaligen KARO-Handels GmbH-Beschäftigten und der Geschäftsidee Kunststoffrecycling eine Existenz und eine wirtschaftliche Chance geben.
Wieder sprach der Bundeskanzler Dr. Kraut im Fernsehen über den Aufbau in den Ostländern. Neue Aktivitäten und Fördermittel sollen blühende Landschaften im Osten schaffen. Die Privatisierung durch die Treubankanstalt und neue geförderte Privatfirmen sollen Arbeitsplätze und den wirtschaftlichen Aufschwung bringen. Ich hatte ein gutes Gefühl. Diese Politik des Kanzlers der Einheit wird erfolgreich sein. Gemeinsam werden wir Deutschen die wirtschaftliche Einheit schaffen! Die deutsche Einheit!
Mitten in meinen Überlegungen und Vorbereitungen für eine ERAL-Produktion in Sachsen fand ein Gespräch mit der neuen Firma PLAST GmbH in Chemnitz statt. Man wollte das Konzept Kunststoffrecycling zum Erfolg bringen. Die ehemaligen Gesprächspartner bei der KARO-Handels GmbH wurden dabei wieder richtige ERAL-Geschäftspartner. Welch ein Vertrauen aus der nahen Vergangenheit für die ERAL GmbH und für meine Person. Ich hatte ein gutes Gefühl.
Da ich nunmehr die Weltneuheit einer mobilen Kunststoffrecyclinganlage, ein Container-System, in der Firmenentwicklung hatte, einigten wir uns auf den Pilotauftrag für das Land Sachsen mit dem Standort bei Chemnitz, in einem neuen Industriegebiet. Die Gemeinde hatte die Übergabe des Geländes an die PLAST GmbH schon zugesagt. Glücklich und zufrieden fuhr ich im Januar 1992 von Chemnitz nach Hause. Meine Erfindung kann mit dem Pilotauftrag in die Realität umgesetzt werden. Die zukünftige Partnerschaft zwischen der Firma Zwickmasch GmbH und der ERAL GmbH hatte ihren ersten Produktionsauftrag im Wert von ca. DM 3 Mio. durch die PLAST GmbH bekommen. Wunschgemäß erstellte die Firma ERAL GmbH für den Kunden PLAST GmbH die notwendigen schriftlichen Unterlagen für Finanzierungs- und Förderungsanträge und die Materialabnahme durch Dritte an Banken und Behörden.

Drei Banken sagten dem Kunden mündlich die Finanzierung zu. Die Aufbaubank für Fördermittel nahm ihre Arbeit auf. Leider bekam meine Firma bis Ende 1992 noch immer nicht die Finanzierungszusage für den erteilten Auftrag. Die von mir als Lieferant der Technik angesprochenen Banken bestätigten die Förderwürdigkeit des Auftrages nach den Richtlinien der zuständigen Bundesbehörden und den Richtlinien und Zielen der Treubankanstalt. Nur - eine schriftliche Bestätigung kam nie beim Kunden PLAST GmbH an.

Im Oktober 1992 wurde ich vom Geschäftsführer der Partnerfirma Zwickmasch GmbH, Dr. Bolzenmann, angesprochen und mir eine Wette angeboten. Seine Aussage war, mein Kunde für die mobile Kunststoffrecyclinganlage, die PLAST GmbH, würde nie die besprochene, gewünschte Finanzierung bekommen. Da ich selbst auch noch einen Finanzierungsantrag bei meiner eigenen Hausbank, der Hypis AG in Würzburg, für den Kunden auf den Weg gebracht hatte, eine Zwischenzusage lag mir vor, ging ich auf die Wette ein. Eine Kiste Sekt sollte unser ausgelobter Preis sein. Diese Wette und somit die Kiste Sekt habe ich leider verloren.

Das traurige Ergebnis nach ca. drei Jahren: Der Kunde PLAST GmbH bekam nie die Finanzierungszusage, die Finanzierung und die zustehenden Fördermittel ausgereicht. Mein Kunde PLAST GmbH sollte keine Chance als Unternehmung erhalten. Die den Banken bekannte ERAL GmbH sollte damit auch keine Finanzierung für die PLAST GmbH Kunststoffrecyclinganlage erhalten.

Zwei Informationen und Vorgänge nähren den Verdacht auf Machenschaften. Der Steuerberater der Firma Zwickmasch GmbH und frühere Treubankmitarbeiter Dr. Weniger, so der ausgesprochene Verdacht von Dritten, habe alle Banken, sicherlich durch falsche Informationen und Druck durch die Treubankanstalt, von einer Projektfinanzierung abgehalten.

(Als Steuerberater der CAMAC AG und der Firma Zwickmasch GmbH kannte und evtl. förderte Dr. Weniger die Zerschlagung des Gesamtkonzerns und verhinderte die benötigte Auftragsfinanzierung im Sinne der Zerschlagung des Konzerns. Erkenntnisse darüber erlangte ich auch in 1996 durch Akteneinsicht bei der Staatsanwaltschaft in Chemnitz.)

Meine Hausbank Hypis AG für die ERAL GmbH war gleichzeitig auch Hausbank der Zwickmasch GmbH. Dies wurde mir erst nach ca. 3 Jahren bekannt. Leider zu spät.

Die neuen Inhaber der Zwickmasch GmbH, diese agierten über die Filiale in München, bekamen die Zusammenhänge der Finanzierung für die PLAST GmbH / ERAL GmbH mit und verhinderten über Bankenkontakte den Projektaufbau in Chemnitz.

Die Aussage des ehemaligen Filialleiters der Hypis AG in Würzburg mir gegenüber im Dezember untermauert diese negative Annahme: Die Münchner Filiale habe angerufen und gefragt, welche schlechte Firma die ERAL GmbH sei und ob diese überhaupt im Sinne der Bank arbeite.

Der Geschäftsführer der Zwickmasch GmbH, Dr. Bolzenmann, hatte somit diese Erkenntnisse der Zerschlagung der Projektfinanzierung schon im Oktober 1992 und konnte leicht die Finanzierungs-Wette anbieten. Die gewonnene Kiste Sekt wurde nie von Dr. Bolzenmann eingefordert. Damit hätte er im Nachhinein sein damaliges Wissen und die Mitarbeit als Geschäftsführer der Zwickmasch GmbH bei der Firmenzerschlagung der eigenen Firma bestätigt. Ob ich meine Wettschuld nach zehn Jahren freiwillig und unaufgefordert an Dr. Bolzenmann abliefern sollte? Wettschulden sind bekanntlich zu erfüllende Ehrenschulden.

Das finanzielle Drama um die PLAST GmbH zur Finanzierung der ERAL GmbH-Kunststoffrecyclinganlage ging jedoch weiter. Im Mai 1994, anlässlich seines Besuches in meiner Firma, informierte mich Herr Tramski über eine neue Finanzierungsmöglichkeit aus Würzburg. Er habe ein Treffen in einem Gasthaus bei Würzburg und würde drei deutsche Kapitalvermittler, organisiert von einem Herrn Kardinal, mit Kapitalquellen aus Hongkong und Singapur treffen. Diese würden bei seiner Firma verdeckt mit 49 % Anteilen einsteigen und die beantragten DM 9 Mio. über ein Konto in Hongkong und Singapur auszahlen. So war ein ehemals kommunistischer Direktor an kapitalistische Finanzvermittler in Würzburg geraten.

Bis Dezember 1994 wurde ich von Herrn Tramski über die Telefonate/Faxe mit Würzburg und Hongkong und Singapur informiert. Zwischenzeitlich hatte er DM 53.000.- (im Koffer) nach Würzburg gebracht. Die Kosten für die Arbeit der feinen Gesellschaft mussten ja finanziert werden. Im Dezember 1994 erhielt Herr Tramski eine Bankgarantie über USD 1,6 Mio. aus Fernost überreicht. Eine Kontrolle ergab, dass es sich um wertloses Papier handelte. Ein Betrugspapier. Die Reise eines Beauftragten nach Asien brachte zu Tage, dass es nur einen leeren Büroraum anstatt zweier Firmen gab, welche auf den Brief- und Faxpapieren standen. Herr Tramski war am Ende, denn sein letztes Firmenkapital war nunmehr weg.

Die leidvolle Geschichte der Firma PLAST GmbH endete in 1996 in einem Konkurs. Der Geschäftsführer und ehemalige Direktor der KARO-Handels GmbH war wirtschaftlich und menschlich völlig vernichtet.

Voller Gram über die Machenschaften der Westdeutschen in den neuen Bundesländern verstarb er kurz darauf in Chemnitz.

Zu dieser Zeit ging es mit der Bundesrepublik Deutschland weiterhin wirtschaftlich und gesellschaftlich bergab. Der derzeitige Zustand der Bundesrepublik war erbärmlich und hatte eine schreckliche Bilanz:
ca. 3,6 Millionen gemeldete Arbeitslose;
ca. 0,3 Millionen nicht gemeldete Arbeitslose;
ca. 20.000 Firmenkonkurse pro Jahr;
ca. 50.000 Personen verlassen pro Jahr die Bundesrepublik Deutschland;
das Sozialsystem der Krankenkassen und der Renten hat Finanzprobleme.
Doch die Betrugsgeschichte aus Würzburg in 1994 hatte noch ein Nachspiel für meine Familie. Da meine Frau Anna, auf meinen Wunsch als Unternehmensinhaberin der ERAL GmbH im Oktober 1992 den Bau eines Bürohauses für die ERAL GmbH am Wohnort startete, wurde auch sie als Bauherrin von den Vorgängen um die PLAST GmbH betroffen. Zum einen über die fehlenden Gelder für die weitere Bauausführung, denn die ERAL GmbH finanzierte das Bürohaus vor, zum anderen wurde Anfang 1997 vom Landratsamt Kitzingen der Bau eingestellt. Begründung der Rechtsabteilung vom Landratsamt: Durch die von der Bauherrin zu verantwortende Grenzabstandsverletzung von 40 cm zum Nachbarn wird der Bau eingestellt. Viele Briefe unsererseits an das Landratsamt blieben ohne Erfolg. Es bewegte sich in Kitzingen nichts. Keine Hilfestellung von Seiten des Landratsamtes, was in vergleichbaren Fällen und an anderen Baustellen möglich war. Doch nun kommt die Überraschung. Leider sehr spät, zu spät für meine Familie. Im Oktober 2000 war in der Heimatzeitung zu lesen, dies im Rahmen der Landratswahl im Landkreis Kitzingen, die Landrats-Kandidatin Frau Kardinal habe ein Familienproblem. Nicht ein Problem als Leiterin der Rechtsabteilung des Landratsamtes. Nein, das Problem war ihr Ehemann. Dieser Herr Kardinal wurde in 1998 zu zwei Jahren und sechs Monaten Haft verurteilt und saß einen Teil der Strafe in der Justizvollzugsanstalt Würzburg ab. Herr Kardinal habe mit zwei Mittätern unter dem weiten Begriff Finanzmanipulation Straftaten begangen. Man habe Investoren u. a. Finanzmittel über Hongkong versprochen usw. usw.
Schon 1992 habe er eine Vorstrafe wegen ungedeckten Wechseln erhalten.
Kardinal, Kardinal, jetzt erst wurde ich so richtig auf den Namen aufmerksam. Da hatte ich doch aus der Zusammenarbeit mit Herrn Tramski in 1994 viele Unterlagen über die drei Kriminellen aus dem Raume Würzburg erhalten. Wo waren diese doch eingelagert? Bald wurde ich in den alten Firmenunterlagen fündig. Die Empfänger der Zahlung von Herrn Tramski über DM 53.000.- waren mir jetzt bekannt. Mit den Unterlagen in der Aktentasche suchte ich meinen Rechtsanwalt in Würzburg auf. Dieser kannte das Betrugs-Trio aus der Verhandlungszeit in Würzburg aus 1998. Da der Fall aus 1994

schon verjährt war, weiterhin der von mir informierte Sohn von Herrn
Tramski die Vergangenheit ruhen lassen wollte, legte ich die Unterlagen,
ohne Wirkung und Erfolg, wieder an ihren alten Platz zurück. Waren die Zusammenhänge um die Betrügereien zwischen Herrn Tramski und Herrn Kardinal der Ehefrau Kardinal doch bekannt? Wollte eventuell die Abteilungsleiterin Kardinal vom Landratsamt Kitzingen einen möglichen Klägerzeugen
vernichten? Bekanntlich waren die Firma ERAL GmbH und meine Familie
Herrn Kardinal durch Herrn Tramski von der PLAST GmbH bekannt.
Offene Fragen über offene Fragen.
Zur Verteidigung sprach Frau Kardinal gegenüber der Presse in der Angelegenheit Mitwisserschaft: "In Hinblick auf Gerüchte stelle ich weiterhin fest,
dass ich zu keinem Zeitpunkt an irgendwelchen Gesellschaften beteiligt war,
die in Finanzmanipulationen verwickelt waren."
Ein Schelm wer Böses denkt.
Tatsache und Fakt blieb lediglich die Wahl von Frau Rechtsanwältin Kardinal
zur Landrätin. In der Politik ist eben alles möglich. Meine Anna und ich
haben Frau Kardinal nicht für die Position einer Landrätin gewählt.
Ehrenwort.

4. Der Partnerschaftsvertrag mit der Firma Zwickmasch GmbH (1991-1992)

Anna war nicht für die Zukunftsinvestition in Zwickau. Sie meinte, die ERAL GmbH sollte in Bayern bleiben. Doch ich wollte die Produktion von Kunststoffrecyclinganlagen relativ schnell bei der gefundenen Partnerfirma Zwickmasch GmbH unterbringen. Man wartete auf die ERAL GmbH, denn den Kooperationsvertrag, die Absichtserklärung, hatte ich schon im November 1991 unterzeichnet. Ein Werk zwischen dem Geschäftsführer Herrn Dr. Bolzenmann und mir.

Zu dieser Zeit hatte ich eines Morgens eine neue Idee (immer beim Rasieren habe ich meine Ideen): Das Land benötigt mobile Recyclinganlagen.

An diesem Tag kam ein Anruf aus USA mit einer Anfrage nach einer kleineren, mobilen Kunststoffrecyclinganlage. Der Interessent, ein Deutsch-Amerikaner aus Bayern, meinte nach meiner Absage am Telefon: "Stecken sie doch Ihre Anlage in einen Container, wir Amerikaner machen alles im Container." Ist dies nicht verrückt? Das war die Lösung! Ich musste jetzt nur noch das richtige Konstruktionsteam finden. Ich hatte ein gutes Gefühl.

Doch zuerst musste ich organisatorische Probleme mit dem Aufbau Ost lösen. Ich musste für die Organisation in Zwickau meine Berater einschalten. Es waren die richtigen Fachleute.

Schon in 1986 hatte ich den in Unterfranken bekannten Rechtsanwalt Schreck in Würzburg kennen gelernt. Ein Macher in Wirtschaftsfragen. Und er hatte eine sehr nette Familie, was meiner Frau Anna so gefiel. Herr Schreck war von meinen Geschäftsideen im Bereich Umwelttechnik begeistert und startete seine Beziehungen unter Fachleuten. So wurde ich, da er Rechtsberater der Würzburger Filiale der Hypis AG war, zum Kunden der Großbank Hypis AG. Weiterhin vermittelte er in 1992 die Zusammenarbeit mit dem Steuerberater Bitterrich aus Miltenberg.

Mit Herrn Schreck reiste ich im März 1992 nach Zwickau und besprach mit der Führungsspitze der Zwickmasch GmbH die notwendigen Kooperationsverträge, wie Pachtvertrag und Werkdienstvertrag für die Auftragsabwicklungen. Herr Schreck als Vertragsfachmann übernahm den Auftrag der Erstellung sämtlicher Urkunden. Da konnte doch nichts falsch laufen!

Damit die Firma Zwickmasch GmbH kaufmännisch und technisch die gemeinsame Zukunft planen konnte, übergab ich noch im März den Auftrag der ERAL GmbH zur Produktion der Weltneuheit, der mobilen MOBICON Kunststoffrecyclinganlage.

Die Idee aus dem Badezimmer und aus den USA. Ich hatte ein gutes Gefühl.
Im April sandte der Rechtsanwalt den großen Vertragsentwurf an die Firmen
Zwickmasch GmbH und ERAL GmbH mit der Bitte auf Kontrolle des Inhaltes. Die Zustimmung der Treubankanstalt als Inhaberin der Zwickmasch
GmbH war als vereinbarte Position aufgeführt. Bereits im April 1992 wurde
in Zwickau der Kooperationsvertrag und der Pachtvertrag unterschrieben.
Die benötigte Zustimmung der Muttergesellschaft CAMAC AG wurde im
Mai erteilt.
Die ERAL GmbH hatte nunmehr in Zwickau ihr ERAL-Technikumgebäude
und die Produktion von ERAL-Kunststoffrecyclinganlagen. Das Wunschziel
vom August 1991, die Idee auf dem Balkon, war erreicht.
Voller Schwung und beflügelt organisierte ich mit einer kreativen Werbeagentur in Würzburg - diese Firma Outline kann man nur empfehlen - die
neuen, zukünftigen Firmenprospekte und die Vorbereitung für die Vorstellung der neuen Weltneuheit MOBICON in Zwickau.
Geschäftsführer Dr. Bolzenmann brachte seine Firma auf Hochtouren und
steuerte die terminliche Zielsetzung der Vorstellung für den Juli 1992 an.
Auf Wunsch des Partners Dr. Bolzenmann erstellten wir im Juni noch
Produktions- und Auftragslisten über mehrere Recyclinganlagen für die
Zwickmasch GmbH, Anlagen, die die ERAL GmbH in den Auftragsbüchern hatte, für die jedoch die vereinbarten Anzahlungen noch nicht eingetroffen waren.
Auch konnte in den Einzelfällen die technische Ausführung noch nicht endgültig festgelegt werden, da auch die Pilotabnahme an der MOBICON-Anlage fehlte. Eine Produktionsfirma benötigt einen Zeitvorlauf und eine
gewisse Planungssicherheit.
Die Vorstellung im Juli, das Fest in Zwickau war ein voller Erfolg. Alle
Fernsehanstalten und die Presse waren vor Ort. Der Festredner, der Oberbürgermeister der Stadt Zwickau, bedankte sich dafür, dass sächsischer Fleiß
aus Zwickau diese Weltneuheit in alle Länder tragen wird. Ich hatte feuchte
Augen. Meine Frau Anna war sehr stolz auf mich und sagte leise zu mir:
"Dies ist einer der schönsten Tage für mich."
Ein kleines Konzert vor den neuen Containern stimmte uns auf das Festessen
ein. Ich hatte ein gutes Gefühl und war einfach glücklich.

5. Die Zusammenarbeit in Zwickau
Oder der erste Sturm bricht los   (1992-1993)

Wieder in meinem Büro sortierte ich nach der gelungenen Weltpremiere zuerst die in der Tagesmappe liegenden Rechnungen. Warum wollen die Lieferanten immer nur Geld? Unsere Partnerfirma Zwickmasch GmbH hatte eine Rechnung über DM 340.000.- als Saldenabstimmung zugesandt. Eine kurze Kontrolle ergab, dass der genannte Betrag in Ordnung war und den getroffenen Vereinbarungen entsprach.

Meine Frau hatte zwischenzeitlich die Ferien in Österreich organisiert. Wir hatten es uns verdient. Anna, unsere Kinder und ich fuhren in die Ferien, an den Weißensee.

Gut erholt meldete ich mich nach den Ferien in Österreich an meinem Schreibtisch zurück. Die neue Mannschaft der ERAL GmbH in Zwickau meldete zugleich den neuesten technischen Stand an der MOBICON Anlage: Die Kapazität der Durchsatzmengen von Kunststoffabfällen reicht nicht für eine generelle Abnahme. Die Kontrollabteilung forderte eine Konstruktionsänderung. Neue Entwicklungs- und Produktionskosten mussten geplant werden. Wir lagen außerhalb der gewünschten Zeitvorgabe. Angesagte Vorführungen für zukünftige Kunden wurden von Zwickau abgesagt. Nach dem Motto: Es gibt immer eine Lösung. Wieder wurde das Konstruktionsteam mit der Änderungsaufgabe betraut.

In meiner Tagesmappe lag eine neue Saldenabstimmung vom Partner Zwickmasch GmbH aus Anfang Oktober 1992. Dr. Bolzenmann forderte nunmehr den Betrag über DM 340.000.-, zusätzlich den Betrag über DM 940.000.-. Waren die Zwickauer verrückt geworden?

Nach meiner telefonischen Reklamation der Rechnung bei der Buchhaltung der Zwickmasch GmbH meldete sich bei mir ein paar Stunden später am Telefon Herr Dr. Dummer. Er stellte sich als Direktor der CAMAC GmbH, der Inhaberfirma der Zwickmasch GmbH, vor.

Der Mitinhaber der Firma CAMAC GmbH, Herr Körner, habe ihn beauftragt mir mitzuteilen, er bestehe auf die sofortige Zahlung des Betrages über DM 1.280.000.- oder es würde ein Rechtsanwaltsbüro eingeschaltet. Ende der Durchsage. Ich war geschockt. Weder kannte ich bisher eine Firma CAMAC GmbH, Dr. Dummer oder Herrn Körner, noch lag eine berechtigte Forderung über DM 940.000.- vor. Die Planungsaufträge waren weder angefangen worden, noch konnten diese aus technischen Gründen angefangen werden. Mein Gesprächspartner Dr. Bolzenmann war nicht mehr erreichbar. Der gewünschte Rückruf erfolgte auch nicht. Meine eigene ERAL-Mannschaft in

Zwickau hatte über diese Vorgänge keine Informationen vorliegen und konnte auch keine näheren Informationen darüber beschaffen. Ich hatte ein ungutes Gefühl.

Nach ca. drei Tagen meldete sich Herr Dr. Bolzenmann wieder am Telefon. Man wolle von Seiten der Inhaberfirma CAMAC GmbH mit mir als Inhaber der ERAL GmbH ein Gespräch führen. Dafür wurde ein Treffen in Zwickau vereinbart. Jetzt war ich wieder positiver gestimmt. Denn in einem direkten Gespräch würde man die Probleme besprechen und auch beseitigen können. In dieser Stimmung fuhr ich im Oktober zur Firma Zwickmasch GmbH nach Zwickau. Dort erwartete mich Dr. Bolzenmann und sein Stellvertreter, ferner ein Herr Noppel. Dieser stellte sich als Mitinhaber der Firma CAMAC GmbH und somit als Mitinhaber der Tochterfirma Zwickmasch GmbH vor. Zügig wurde ich darüber informiert, wie man die Situation sehe und was man wünschte. Herr Noppel, ein holländischer Geschäftsmann, am Tegernsee wohnend, stellte mir das Ultimatum: "Sie zahlen umgehend den geforderten Betrag über DM 1.280.000.- oder wir übergeben die Eintreibung einem Rechtsanwaltsbüro. Oder sie übergeben uns einen Teil von Ihren Geschäftsanteilen, damit wären wir Gesellschafter bei der ERAL GmbH. Sollten Sie nicht zahlen und auch keine Geschäftsanteile übergeben, so werden umgehend alle Tätigkeiten für die ERAL GmbH eingestellt."

Schweigen von meiner Seite. Mein Kopf brummte, mein Herz klopfte. Dieser Mann wollte sich in meine Firma einrauben. Niemals! Gut, wenn er den Kampf haben will, so soll er ihn auch bekommen. Ich sagte nein und verabschiedete mich. Herr Dr. Bolzenmann ging mit mir über den Hof zum ERAL-Technikumgebäude. Dabei entschuldigte er sich bei mir. Er habe mit der eben besprochenen Sache nichts zu tun. Er blieb stehen und wettete mit mir über die Finanzierung der PLAST GmbH, über die vorhandene MOBI-CON-Anlage. So wie im 3. Kapitel beschrieben.

Das Personal im ERAL-Technikum arbeitete an Versuchen mit Mustermaterialien. Das Personal der Zwickmasch GmbH war vor einigen Tagen abgezogen worden. Aufgeregt und etwas verzweifelt fuhr ich wieder zurück nach Hause.

Ich konnte einfach nicht die Situation begreifen. Was machte ich falsch?

Noch in diesem Monat übernahm ich einen Spezialcontainer aus Zwickau für die Messe in Düsseldorf. Der vereinbarte Preis von DM 270.000.- wurde von mir sofort bezahlt.

Neue Aufregung in diesem Monat gab es durch die Nachricht des Lieferanten HABER GmbH, Geretsried, denn dieser hatte seine Abgabepreise bei der ERAL GmbH einfach dreist um 50% über den Vertrag erhöht.

Aus DM 200.000.- pro ERAL-Maschine wurden DM 300.000.- Verkaufs-preis. Die ERAL GmbH hatte ihre Konstruktionsunterlagen nur dieser Firma HABER GmbH für die Produktion zur Verfügung gestellt. Der Geschäfts-führer, Herr Naggel, sagte am Telefon und später bei einem Gespräch in Geretsried: "Der geschlossene Vertrag interessiert mich nicht mehr. Wir wollen Gewinn und keine Verluste machen. Sie zahlen, wir liefern. Klagen Sie doch." Ich war in der Klemme. Die laufenden Aufträge konnten mit dieser Preiserhöhung von der ERAL GmbH nicht produziert werden.
Aufgeregt und etwas verzweifelt rannte ich durch mein Büro: Was mache ich falsch? Wo steht der Feind?
Mitte Januar 1993 bekam ich einen Überraschungsbesuch. Herr Körner aus Tegernsee meldete sich an der Bürotüre an. Herr Körner, Inhaber der CAMAC GmbH und der Tochterfirma Zwickmasch GmbH, wollte mich sprechen. Ohne große Einladung eröffnete er mir seine Forderung. Ich solle ihm einen Scheck über DM 1.280.000.- geben oder sofort eine Bankgarantie über diese Summe erstellen lassen. Sollte ich nicht innerhalb einer Woche reagieren, so würde er seine Freunde bei der Hypis AG in München aktiv machen. Ein wichtiges Vorstandmitglied der Hypis AG sei sein Freund. Man kenne sich von seiner Zeit als Vorstand von den BMW-Werken.
Kaum war der Überraschungsbesucher aus dem Hause, kamen über das Fax eine Gesprächsbestätigung und die angebliche Zusage der Finanzierung von einem Faxgerät aus Tegernsee. Innerhalb von Minuten veranlasste Herr Körner über das Mobiltelefon das falsche Papier.
Da mein Rechtsanwalt Schreck auch Berater der besagten Hypis AG in Würzburg war, übersandte ich den Faxinhalt an sein Büro. Ich hatte kein gutes Gefühl. Wer bekämpft uns? Was mache ich falsch? Meine Anna konnte diese Fragen auch nicht beantworten.
Wiederum zwei Tage später wurde ich von dem mir am Telefon bekannten Dr. Dummer angerufen, seines Zeichens Direktor der noch immer mir unbe-kannten Firma CAMAC GmbH. Er stellte mir das Ultimatum: "Sie zahlen sofort unsere Forderung oder wir informieren die Treubankanstalt in Berlin über Ihre Zahlungsunwilligkeit und werden gleichzeitig eine Rechtsanwalts-kanzlei in München mit der Geldeintreibung über die Gerichte und mit einer Strafanzeige bei der Staatsanwaltschaft in Würzburg beauftragen."
Ich war über diese Drohung sprachlos, sagte jedoch unvermittelt: "Ich lasse mich nicht erpressen." Danach legte ich den Telefonhörer wütend auf. Warum sollte die Treubankanstalt von Dr. Dummer informiert werden? War-um die Drohung mit der Treubankanstalt, die CAMAC AG war doch privati-siert worden?

6. Die Firma ERAL wird für die Zukunft neu organisiert

Oder der zweite Sturm bricht los   (1992-1993)

In meinen Ferien war ich schon nach der zweiten Woche unruhig geworden, Anna störten meine Gespräche über die Firma. Ich konnte nicht abschalten und den Weißensee voll genießen. Unmöglich.

Das Firmenziel in Zwickau war mit der Weltpremiere erreicht worden. Konnte die bisherige Firmenorganisation aber die vorgegebenen Leistungen bewältigen? Die ERAL GmbH war eine Vertriebsfirma für viele alternative Technologien im Umweltbereich. Die zweite Firma, ERAL-Handel, eine Einzelfirma, bearbeitete mögliche Aufträge außerhalb der Umwelttechnik.

Mit dem Aufbau in Zwickau wurde der Schwerpunkt auf die Produktion und den Vertrieb von Kunststoffrecyclinganlagen gelegt. Ein eigenes Profil, mit eigenen ERAL-Werbeunterlagen. Weiterhin benötigte die Firmenstruktur mehr Fachpersonal. Der angestrebte Umsatz von ca. DM 20 bis 50 Millionen musste bearbeit werden. Allein die kaufmännische und technische Administration erforderte ca. 20 neue Mitarbeiter. Ein eigenes Bürocenter wäre sinnvoll.

Sofort nach den Ferien hatte ich Herrn Steuerberater Bitterich und meinen Rechtsanwalt Schreck über meine unternehmerischen Gedanken vom Weißensee informiert: Firmenumwandlung und Neugründung einer Kunststoffrecyclingfirma. Beide Herren fanden meine Überlegungen und Ideen wirtschaftlich für sinnvoll und richtig. Der Rechtsanwalt Schreck übernahm sofort die Aufgabe sämtliche bürokratischen Unterlagen zu erstellen und auch sämtliche Abläufe beim Notar und den Ämtern durchzuführen: Gründungsprotokoll, Gesellschaftervertrag, Handelsregister usw. usw.

Ich selbst bemühte mich um die Planung und Finanzierung des Bürogebäudes. Auf eigenem und auch zugekauftem Grund sollte das Gebäude entstehen. Eine eigene Straßenanbindung zur Bundesstraße war schon in 1991 gebaut worden. Der praktische Start erfolgte im September 1992 mit dem Abriss einer alten Werkstatt. Die Hausbank Hypis AG sagte zwar den Baukredit und die Bearbeitung der möglichen Fördermittelanträge mündlich zu, doch eine schriftliche Bestätigung kam nie. Warum nicht? Worin lagen die Gründe?

Meine Frau hatte ein ungutes Gefühl. Sie verstand jedoch meinen Drang zum Erfolg. Den Bau dieses Bürogebäudes konnte sie nicht verhindern.

Bis zum Jahresende 1992 fand die Umwandlung und Neugründung der Firmen statt. Nach Eintragung ins Handelsregister Würzburg erhielten alle Beteiligten, wie Steuerberater Bitterich, Rechtsanwalt Schreck, Hypis-AG

und die ERAL-Gesellschafter die Unterlagen übersandt. Eine schnelle Leistung des Rechtsanwalts Schreck.
Die ERAL GmbH wurde in eine ERAL Lizenz GmbH umgewandelt. Diese sollte Rechte und Lizenzen verwalten, kaufen und verkaufen. Die neu gegründete Firma ERAL PLASTIK GmbH übernahm die Aufgabe von Produktion und Vertrieb von Kunststoffrecyclinganlagen. Hierzu würde sie die Rechte und Unterlagen mit Gegenständen von der ERAL Lizenz GmbH abkaufen. Was auch im Frühjahr 1993 geschah.
Das Jahr 1992 war gelaufen. Steuerberater Bitterich bekam im Januar 1993 den Auftrag und die restlichen Unterlagen für die Bilanzerstellung der ERAL GmbH und der Eröffnungsbilanz für die ERAL Lizenz GmbH, weiterhin die restlichen Unterlagen für die Erstellung der Eröffnungsbilanz von ERAL PLASTIK GmbH. Anfang Februar, ich hatte gerade mit Rechtsanwalt Schreck unser Verhalten gegenüber dem drohenden Lieferanten HABER GmbH abgestimmt, ferner sollte ich sofort einen neuen Lieferanten suchen und beauftragen, kam per Fax ein Brief aus München. Eine Rechtsanwaltskanzlei kündigte gegenüber der ERAL PLASTIK GmbH den geschlossenen Pachtvertrag in Zwickau auf. Weiterhin kam die Klage über DM 1.115.000.- gegen die ERAL GmbH beim Landgericht Würzburg, im Auftrag der Zwickmasch GmbH in Zwickau. Vollmacht wurde erteilt von Dr. Bolzenmann. Dr. Bolzenmann kündigte einen Teil des geschlossenen Kooperations- und Pachtvertrags vom 1992 auf (dies bei der falschen Firma ERAL PLASTIK GmbH und nicht bei der ERAL GmbH oder der jetzigen ERAL Lizenz GmbH). Und Dr. Bolzenmann fordert eine Zahlung über DM 1.115.000.- ohne jede Berechtigung. Rechtsanwalt Schreck wurde umgehend über den Inhalt der Faxbriefe aus München informiert. Er forderte sofort alle Vertragsunterlagen und Aufträge zwischen Zwickmasch GmbH und ERAL GmbH von mir an. Weiterhin sollte er sich mit Dr. Bolzenmann telefonisch in Verbindung setzen und in einem Gespräch mögliche Unstimmigkeiten klären. Am nächsten Tag überwies ich die monatliche Pachtrate für den Februar 1993 nach Zwickau. Zur Sicherheit, so glaubte ich.
Mitte Februar, etwa eine Woche nach der Übersendung der Zwickmasch-Unterlagen an die Rechtsanwaltskanzlei, wünschte Herr Schreck ein Gespräch in seiner Kanzlei in Würzburg. Bei diesem Treffen hatte ich meinen neuen Büroleiter Herrn Bietrich dabei. Leider bekam dieser Jahre später die Kanzlerkrankheit. Er konnte sich an Vorgänge in 1993 nicht mehr richtig oder gar nicht erinnern.
Herr Schreck eröffnete mir: "Sie sind pleite, Sie haben keine Chance mehr, fahren Sie alle Firmen sofort an die Wand. Sollten Sie nicht sofort die Firmen schließen, so werden Sie sehr lange leiden und dennoch alles verlieren.

"Meine dumme Frage: "Wenn ich alles an die Wand fahre, auch mit Ihrer Hilfe, ist dann mein privates und geschäftliches Vermögen weg?" Er antwortete: "Selbstverständlich. Fangen Sie neu mit einer Auffanggesellschaft an. Hierbei kann ich Ihnen helfen." Ich war zerstört, fertig und verstand die Welt nicht mehr. Meine Familie, meine Mitarbeiter, meine Geschäftspartner, alle für mich wichtigen Personen rasten wie ein Blitz durch meinen Kopf. Mit 50 Jahren - aus, fertig. Doch als ehemals deutscher Soldat ohne Feindberührung und heutiger deutscher Unternehmer Fritz Deutsch wollte ich mich nicht kampflos ergeben und der eigenen Beerdigung zuschauen. Kämpfen wollte und musste ich.

Der Rechtsanwalt Schreck war geschockt, als ich nach einigen Minuten des Schweigens zu ihm sagte: "Ich sehe keinen Grund für die Zerschlagung der Firmen, ich sehe keinen Fehler meinerseits, der mich zwingt in die von Ihnen gewünschten Pleiten zu gehen. Zwar kann ich mir die Vorgänge aus den letzten Monaten nicht erklären, und Sie haben auch keine Erklärung dafür abgegeben, jedoch mache ich mit den Firmen weiter."

Mir ist es noch heute ein Rätsel, wie ich die Strecke von der Kanzlei zum eigenen Büro gefahren, besser geflogen und gegeistert bin. Ich hatte wohl einen Schutzengel mit im Auto sitzen. Im Büro schrieb ich in meinen Taschenkalender: Und es wird gekämpft!

Erst Stunden später konnte ich meine Frau Anna über das Würzburger Gespräch informieren. Sie weinte, machte mir jedoch keinerlei Vorwürfe.

Zur gleichen Zeit hatte ich noch das Problem mit meinem deutschen Vertreter Herrn Balltonio. Dieser für mich tüchtige, selbständige Vertreter aus Darmstadt hatte im letzten Jahr sehr viele Probleme mit seiner Ehefrau. Ihre gesundheitlichen Probleme überstiegen die Finanzkraft von Herrn Balltonio. Ende Dezember 1992 erbettelte er von mir zur Rettung seines Büros und zur Zahlung neuer angefallener Kurkosten für die Frau den Betrag über DM 50.000.-. Der übergebene Geschäftswechsel sollte als anfallende Provision für bestimmte vermittelte, betreute Aufträge in drei Monaten abgerechnet werden. Für die ERAL Lizenz GmbH kein nennenswertes Risiko, da die drei möglichen Verkaufsabschlüsse von mir selbst auch noch betreut wurden und die Firma relativ sicher diese Aufträge erhalten würde. Und jetzt, Ende Februar 1993, erhielt ich den für mich überraschenden Telefonanruf von Herrn Balltonio - er hatte sich vor einigen Tagen für einen Kurzurlaub mit seiner Ehefrau abgemeldet - er sei mit dem Kunden ARAM GmbH aus Thüringen und einem TÜV-Sachverständigen beim ERAL-Technikum in Zwickau. Der Kunde wolle seine Recyclinganlage besichtigen und der Sachverständige solle dabei den Lieferzustand begutachten. Nur, der Leiter des Technikums gäbe keinen Zutritt. Mit sofortiger Wirkung kündige er jetzt seinen Vertrag mit der ERAL auf. Er würde nicht mit einer betrügerischen Firma zusammenarbeiten wollen. Ende. Am nächsten Tag kam ein Kündigungsschreiben mit Poststempel Zwickau an. Das Schreiben, geschrieben in Darmstadt, war schon einen Tag vor dem seltsamen Telefonat geschrieben worden. Ich sah keinen Sinn in diesem Vorgang. Herr Balltonio war doch berechenbar. Oder doch nicht? Das gesamte Büropersonal verstand Herrn Balltonio nicht mehr. Sofort bestätigte meine Sekretärin, Frau Specht, die Kündigungsannahme und forderte gleichzeitig Herrn Balltonio auf den Wechselbetrag über DM 50.000.- selbst einzulösen. Ich hatte ein ungutes Gefühl.

7. Die ERAL Gruppe rüstet auf und es wird gegen sie der Prozess gemacht

Oder der dritte Sturm bricht los (1993…)

Nach zwei Tagen Auszeit nahm ich die Arbeit und die Verantwortung wieder auf. Die ca. 30 direkten und indirekten Mitarbeiter benötigten eine Geschäftsführung. Zuerst informierte ich Steuerberater Bitterich über das beim Rechtsanwalt stattgefundene Gespräch und das Ergebnis. Dieser war am Telefon sehr verwundert und sicherte mir seine Unterstützung zu. Herr Bitterich meinte noch, ich sollte vorsichtig gegenüber der Hypis AG sein. Rechtsanwalt Schreck dürfte sicherlich auch Informationen von dieser Bank erhalten haben oder umgekehrt Informationen abgegeben haben.
Heute begreife ich erst den Sinn der Aussage. Weiterhin forderte ich die im Januar besprochenen Unterlagen der Bilanzen und Eröffnungsbilanz an. Da dies kein Problem darstelle, könne ich diese Papiere bald erwarten, so seine Antwort. Im zweiten Schritt überlegte ich mir eine neue Kapitalzuführung zur Blutauffrischung aller Firmen. Nach einem Familiengespräch war man bereit, mir einen kurzfristigen Kredit von DM 600.000.- zu gewähren. So konnte ich das volle Stammkapital von DM 200.000.- für die ERAL Lizenz GmbH und das volle Stammkapital von DM 250.000.- für die ERAL PLASTIK GmbH einzahlen. Die Firmen waren damit stark und gesichert. Für eine weitere Kapitalzuführung prüfte ich nochmals den mir schon früher angebotenen Kauf von ERAL-Patenten durch Dritte. So wurde in diesem Jahr ein Teil des Firmen-Tafelsilbers für DM 300.000.- verkauft.
Damit noch nicht genug, erstellte ich eine Liste von Personen und Einrichtungen, welche ich für eine direkte und indirekte Beteiligung an den ERAL-Firmen ansprechen wollte. Mein Motto: Besser mit kleinen Teilen an einer guten Sache beteiligt zu sein, als mit 100 % an einer schlechten Sache. Diese Liste füllte sich innerhalb von 3 Monaten mit ca. 20 Verhandlungs-Namen.
Doch nun begannen die negativen Tätigkeiten und Nachrichten: Als die Hausbank Hypis AG Würzburg einen Teil der Summe des Familienkredites auf dem Konto der neuen ERAL PLASTIK GmbH sah, forderte sie mich sofort und ultimativ mündlich und auch per Faxnachricht auf, eine Umbuchung von DM 200.000.- auf das Konto der Firma ERAL Lizenz GmbH vorzunehmen. Diese Firma ERAL Lizenz GmbH, die frühere ERAL GmbH, hätte bei ihnen einen Darlehensvertrag laufen und müsse bedient werden. Eine unzulässige Erpressung, denn es handelte sich um zwei unabhängige Firmen.
Da die neue Firma ERAL PLASTIK GmbH für die Produktion und den

Vertrieb von Kunststoffrecyclinganlagen die Rechte und Eigentumsrechte von der Firma ERAL Lizenz GmbH benötigte, kaufte ich als Geschäftsführer der ERAL PLASTIK GmbH für den Betrag von DM 200.000.- diese Rechte und Eigentumsrechte ab und buchte bei den Konten der Hypis AG um. Somit erfolgte eine gewünschte Überweisung gegen eine von mir bestimmte Leistung. Jetzt wusste ich, dass diese Hausbank Hypis AG mit allen Mitteln arbeitete. Gegen mich.

Direkt danach erfolgte der nächste Niederschlag: Die Lieferantenfirma HABER GmbH aus Geretsried, welche ERAL-Baugruppen im Auftrag der ERAL GmbH zum Lieferanten Zwickmasch GmbH lieferte und diese somit enge Verbindungen miteinander hatten - die bekannte 50% Preiserhöhung wurde schon beschrieben - stellte am Landgericht Würzburg Klage wegen einer Forderung über ca. DM 400.000.-. Unglaublich, die Forderungen waren nicht berechtigt. Rechtsanwalt Schreck übernahm die Verteidigung der ERAL GmbH (ERAL Lizenz GmbH).

Ende des Jahres 1993 hatte ich alle Prozesse verloren. Das Gericht glaubte nur den Ausführungen des Geschäftsführers Naggel und seiner Zeugen. Letztlich hatte Herr Naggel gegen beide Firmen ERAL Lizenz GmbH und ERAL PLASTIK GmbH einen Titel. Ich war niedergeschlagen und legte den Gerichtsordner Firma HABER GmbH ungelesen in der Registratur ab. Die Rechnung des Rechtsanwalts Schreck brachte ich auf den Weg zur Buchhaltung. Warum sagten die ehemaligen Geschäftspartner bei Gericht die Unwahrheit? Warum wurden falsche Forderungen gestellt? Meine Frau Anna sah mir die neue Niederlage im Gesicht an. Wortlos, mit traurigem Blick reichte sie mir ein Glas Wein. Auf den Schwanberg wollte ich nicht sehen. Ich war nur noch traurig.

Kaum hatte ich die Klageschrift der Firma HABER GmbH, Geretsried für den Rechtsanwalt Schreck mit einer Stellungnahme meinerseits versehen, da nahte die nächste Katastrophe auf meinem Schreibtisch. Der Partner und Lieferant Zwickmasch GmbH und die Mutterfirma CAMAC GmbH erhoben beim Landgericht Würzburg Klage gegen die ERAL PLASTIK GmbH. Die Forderung lautete über den Betrag von DM 1.115.000.- plus angelaufener Zinsen. Nach meiner eigenen Aufstellung der Leistungen und Forderungen bei Zwickmasch GmbH betrug die berechtigte Forderung DM 45.000.- gegen die Firma ERAL Lizenz GmbH, der früheren ERAL GmbH. Rechtsanwalt Schreck übernahm die Verteidigung der ERAL GmbH (ERAL Lizenz GmbH). Nur sehr kurz stutzte ich beim Telefonat mit Herrn Schreck wegen einer Abwehrbegründung. Er klang so freudig, so kraftvoll mit seiner Stimme. Als hätte er in der Vergangenheit alle Verfahren für die ERAL Gruppe gewonnen. Auf die Alarmsignale meines Bauches hörte ich nicht…

Die Prozessvorgänge waren kurz und schmerzvoll. Das Ergebnis hielt ich im Dezember 1993 in Händen. Die Titel richteten sich gegen die ERAL Lizenz GmbH, wie auch gegen die ERAL PLASTIK GmbH. Ich lag als Gegner K.O. am Boden. Ich war unendlich müde und legte den Gerichtsordner Firma Zwickmasch GmbH ungelesen in der Registratur ab. Die Rechnung des Rechtsanwalts Schreck brachte ich auf den Weg zur Buchhaltung. Meine Anna, eine kluge Frau, versuchte mich wieder auf die Beine zu stellen: "Es ist nicht wichtig, warum man am Boden liegt, es ist wichtig, dass man wieder aufsteht."

Aller schlechten Dinge sind deren drei: Mitte März 1993 versuchte der ERAL-Kunde Firma ARAM GmbH aus Thüringen aus dem in 1992 geschlossenen Vertrag auszusteigen. Wegen nicht rechtzeitiger Lieferung der Recyclinganlage wollte man die Trennung erwirken und die geleistete Anzahlung über ca. DM 600.000.- zurückerstattet haben. In dieser Situation hatte die Firma ARAM GmbH schon gute Kontakte zum Lieferanten Zwickmasch GmbH und HABER GmbH aufgebaut. Da ich meinen Auftrag noch immer leisten wollte und dies auch konnte, denn die neuen Lieferanten befanden sich schon im Aufbau von ERAL-Produktionskapazitäten, war ich mit einer Anzahlungsrückzahlung nicht einverstanden. So kam Mitte Mai 1993 die Klage beim Landgericht Würzburg an. Rechtsanwalt Schreck übernahm die Verteidigung der ERAL GmbH (ERAL Lizenz GmbH).
Die Prozessvorgänge waren kurz und schmerzvoll. Das Ergebnis hielt ich im Dezember 1993 in Händen. Die Titel richteten sich gegen die ERAL Lizenz GmbH, wie auch gegen die ERAL PLASTIK GmbH. Ich lag als Gegner K.O. am Boden. Ich war unendlich müde und legte den Gerichtsordner Firma ARAM GmbH ungelesen in der Registratur ab. Die Rechnung des Rechtsanwalts Schreck brachte ich auf den Weg zur Buchhaltung. Meine Anna bemerkte am Abend zu mir: "Herr Schreck, unser langjähriger Geschäftsfreund, er und seine Frau waren auch bei unserer Silbernen Hochzeit im letzten Jahr dabei, hatte dich doch im Februar vor einer langen Leidenszeit gewarnt. Jetzt haben wir die Leidenszeit. War deine damalige Entscheidung im Nachhinein wirklich richtig? Sicherlich hatte er es gut mit uns gemeint." An das Gespräch in der Rechtsanwaltskanzlei im Februar hatte ich nicht mehr gedacht. Ich hörte auf meinen Bauch, meinen Ratgeber. Jetzt erst ging ich in die Registratur, suchte alle Ordner mit juristischen Problemen des Jahres 1993 heraus, ging in mein Büro und begann zu blättern, zu lesen und Notizen zu machen. Der Zeitungsmann warf gegen 5.00 Uhr die Zeitung in den Briefkasten ein. Das metallene Geräusch der Postklappe konnte mich nicht abhalten weiter zu lesen. Erst meine Anna machte meinem nächtlichen

Spuk ein Ende und nahm mich gegen 7.00 Uhr in der Frühe in ihr warmes Bett mit. Mich interessierte an diesem Morgen keine Firma mehr.

In dieser für mich wilden Zeit bekam ich aus Zwickau Ende Mai die Nachricht die Schlösser am ERAL-Technikum würden durch eine Firma CAMAC Dienstleistungs GmbH ausgetauscht. Somit war die Nutzung für die ERAL Lizenz GmbH beendet. Das ERAL Lizenz GmbH Stammpersonal musste ich kündigen. Nach nur einem Jahr war der Aufbau Ost zu Ende. Die Investitionen vernichtet. Über eine Firma CAMAC Dienstleistungs GmbH hatte ich mir zu diesem Zeitpunkt keine Gedanken gemacht. Das nächste Problem stand an der Tür und musste gelöst werden.

8. Die Staatsanwaltschaft macht mobil
Oder der vierte Sturm bricht los   (1993-1994)

Zuerst die gute Nachricht: Ich hatte einen Beteiligungspartner für die Firma ERAL PLASTIK GmbH gefunden. Eine amerikanisch-irische Firma APTC wollte unbedingt 25 % Beteiligung übernehmen. Die ersten Verhandlungen begannen im Oktober 1993. Weiterhin ergab sich die Möglichkeit für einen Super-Großauftrag für mehrere Kunststoffrecyclinganlagen im Einsatzgebiet Pakistan. Wir sollten die weltgrößte Recyclinganlage liefern und betreuen. Die gewünschte Technik stand nahezu fest. Ein Megadeal, welcher informativ auch schon die Presse erreicht hatte. Ich hatte ein gutes Gefühl.
Der Jahreswechsel erfolgte sehr verhalten. Steuerberater Bitterich hatte die Bilanz 1992 für die Firma ERAL GmbH abgegeben. Die restlichen Bilanzen sollten Zug um Zug in den nächsten Wochen kommen.
Nun die schlechte Nachricht: Gegeben durch die guten Nachrichten, verbunden mit der guten Zusammenarbeit zwischen den neuen Lieferanten der ERAL-Technik und mir, verdrängte ich die negativen letzten Monate und konzentrierte mich auf den weiteren Weg der ERAL-Unternehmungen.

Ich kann mich noch genau an den Tag erinnern: In Würzburg holte ich eine zukünftige Vertriebsleiterin für die ERAL PLASTIK GmbH ab, denn wir wollten unsere neuen Partner aus Pakistan in Offenbach treffen, da kam über das Autotelefon die Nachricht, die Staatsanwaltschaft sei im Hause und durchsuche sämtliche Räume vom Keller bis zum Dachboden. Ob ich mit einer Herausgabe der gewünschten Unterlagen einverstanden wäre. Meinem Büroleiter und meiner Frau Anna erteilte ich diese Vollmacht am Telefon. Wir hatten ja nichts zu verbergen. Nur, warum kam die Staatsanwaltschaft ins Haus? Was konnte man bei den ERAL-Firmen durch die Staatsanwaltschaft Würzburg finden? Das Projekt Pakistan stand doch nicht auf der Embargo-Liste.
Die Verhandlungen in Offenbach verliefen sehr positiv. Der deutsche Partner, für die Materialanlieferungen zwischen dem DSD und Pakistan zuständig, übernahm die Gesprächsführung mit dem DSD und dem Umweltministerium. Wir sollten uns nur um die vor Ort benötigte Technik kümmern.
Am nächsten Morgen wurde ich vom Personal und meiner Anna über die Staatsanwaltschaft-Aktion vom Vortag informiert. Mir wurde die Liste der beschlagnahmten Order übergeben. Es wurden nur Unterlagen der Firma ERAL Lizenz GmbH, vormals ERAL GmbH, beschlagnahmt und mitgenommen. Der Leiter der Aktion, Staatsanwalt Pech, legte dabei

meinem Büroleiter Bietrich den Beschluss des Amtsgerichtes Kitzingen aus dem Dezember 1993 vor und überlies mir, als Beschuldigter, eine Ausfertigung.

Anschließend stellten meine ehemaligen Geschäftspartner der Firmen Zwickmasch GmbH, der Firma HABER GmbH und der Firma ARAM GmbH Strafanzeige gegen mich. Die Staatsanwaltschaft (Staatsanwalt Pech) ging davon aus, dass ich hinreichend verdächtig sei, bei diesen Firmen Schulden in Höhe von ca. 3 Mio. DM zu haben und trotz Überschuldung bzw. bereits eingetretener Zahlungsunfähigkeit einen Konkursantrag für die ERAL Lizenz GmbH nicht gestellt zu haben. Ich bin ein Betrüger! Und habe es nicht gewusst.

Man benötigt in der Bundesrepublik Deutschland demnach nur drei Anzeigen bei der Staatsanwaltschaft und schon ist jemand ruiniert. So dachte ich an diesem Tag. Mein Bauch wollte mir mehr sagen, ich spürte es genau, doch mein Kopf konnte das nicht zulassen. Meine gute Anna sah diese Situation viel ernster als ich selbst.

Sie schickte mich sofort zu unserem neuen Rechtsanwalt Atta in Würzburg, mein Vertrauen in Rechtsanwalt Schreck war nach meinem Aktenstudium im letzten Jahr weg. Dieser reichte mich an einen ihm bekannten Strafverteidiger, Herrn Schickelbach, weiter. Der schockte mich sofort bei der Begrüßung. Ihm sei mein Fall bekannt. Man habe über den DM 3 Millionen-Fall schon gesprochen. Staatsanwalt Pech sei sich sicher, einen großen Fang zu machen. Innerhalb von 24 Stunden war ich, Fritz Deutsch, schon in Justizkreisen bekannt. Und zwar als Täter. Aber ich hatte doch keine DM 3 Millionen geraubt. Darauf gebe ich mein Ehrenwort als Unternehmer und nicht als Politiker.

Nach meinem Beratungsgespräch mit Herrn Schickelbach hatte ich das ungute Gefühl, meine Aussagen würden von ihm nicht als Wahrheit angesehen. Was machte ich falsch? Klang meine Darstellung über die letzten beiden Jahre unglaubwürdig? Kann ein Unternehmer in den Augen eines Juristen so wie ich nicht handeln? Anna meinte: "Du bist nicht verrückt. Du kannst nur keine Ungerechtigkeiten vertragen." Auf der Rückreise in das Büro fragte ich mich, wann ich wieder ganz normal meine Arbeit tun könne. Ich hatte keine Antwort.

Da kam mir eine Idee: Ich fuhr auf den Schwanberg, stellte mein Auto auf dem Parkplatz ab und ging in die große Michaeliskirche und betete. Da konnte ich mein Schicksal, beruflich und privat, annehmen. Körperlich müde, jedoch mit neuer geistiger Kraft berichtete ich Anna über den abgelaufenen Tag. Sie war stolz auf mich und weinte.

9. Die Information

Oder das Wunder vom Schwanberg   (1994...)

Der Monat Juni 1994 begann mit den Kündigungsschreiben der einzelnen Banken. Meine persönlichen Gespräche bei den Bank-Verantwortlichen ergaben lediglich, dass die Polizei sie angeschrieben und um Mitarbeit gebeten habe. Ich stünde unter dringendem Verdacht des Betruges von ca. DM 3 Mio. und der Konkursverschleppung. Die Staatsanwaltschaft Würzburg benötige den jeweiligen Schuldenstand der Firmen. Unter diesem Verdacht könne eine Bankverbindung nicht aufrechterhalten werden. "Dies werden Sie doch sicherlich verstehen, Herr Deutsch." So sprach der Bankmann.
Ich habe es nicht verstanden. Ein einziger Verdacht ruiniert Firmen und Menschen. Ohne Firmenkredite und ohne die Möglichkeit einer finanziellen Auftragsabwicklung waren meine ERAL-Firmen tot. Außer, die neue Beteiligung des Partners - wir wollten Mitte Juli den Notarvertrag unterzeichnen - würde die notwendigen flüssigen Mittel bringen. 6 Mio. waren mündlich vereinbart und per Brief bestätigt.
Ich bemerkte bei mir, dass meine Arbeitslust sehr zu wünschen übrig ließ. Jetzt das Handtuch werfen? Nein. Es war ein schwaches Nein.
Mein Rechtsanwalt Atta sah die allgemeine Rettung in der Beteiligung. So schloss ich mich dieser Meinung an. Welche Chance hatte ich sonst?
Auf Wunsch meiner Anna besuchte ich meinen Hausarzt Dr. Blindmann für eine Gesamtuntersuchung. Dieser hatte schon von meinen geschäftlichen Problemen und Niederschlägen aus dritter Hand erfahren und war auf meinen Besuch vorbereitet. Ohne geschäftliche Fragen zu stellen nahm er die Untersuchungen vor. Er stutzte: "Mir ist es ein Rätsel." Eine Pause. "Sie sind völlig gesund. Normalbürger müssten bei diesem Stress und Ärger längst an Herzinfarkt gestorben sein." Wieder eine Pause. "Passen Sie auf sich und Ihre Familie auf." So ein Arzt kann gut reden.
Meine Anna war mit dem Ergebnis zufrieden. Sollte sie auch zum Arzt gehen? Diese Frage wurde von ihr nicht beantwortet. Es war ein Fehler.
In dieser Situation der Kontensperrungen kündigte ich meinem letzten Mitarbeiter, mein Büroleiter ging in die gewählte Arbeitslosigkeit. Er wollte sich auf Kosten des Arbeitsamtes in die Weiterbildung begeben. Welch ein System.
Es war Mitte Juni 1994, meine Anna und ich schauten im Fernsehen einen dieser Serien-Krimis an, hochwertige Kost wie Theater, Konzert oder Diskussion wollten wir beide nicht. Um etwa 21.00 Uhr läutete das Geschäftstelefon. Dies war üblich, denn unsere ausländischen Geschäftspartner wussten,

dass wir zu jeder Zeit für ein Gespräch zur Verfügung stehen. Am Telefon war Frau Balltonio, die Ehefrau meines früheren Vertreters für Deutschland. Ein Anruf von ihr um diese Zeit? Sie entschuldigte sich für den späten Anruf und sagte, sie sei wieder aus dem Krankenhaus zurück und habe ihre Existenz vernichtet vorgefunden. Der Scheidungsantrag laufe. Ihr Mann habe das gesamte Vermögen vernichtet oder zur Seite gebracht. In dieser Situation möchte sie meiner Familie helfen, da Kenntnisse über Betrugstätigkeiten von Seiten ihres Mannes vorlägen. Sie möchte sich entschuldigen und wenn möglich noch etwas retten.

Unglaublich, unglaublich. Ich rief schnell meine Frau, damit sie am Lautsprecher das Gespräch verfolgen konnte. Frau Balltonio war damit sofort einverstanden. Beide Frauen hatten früher öfter miteinander telefoniert. Ihr Mann sei im Moment außer Haus; da er die Steuererklärung für das Jahr 1992/93 zurzeit mache, lägen die Belege auf dem Tisch oder in der Vorablage. Ich wurde hektisch, mein Adrenalinspiegel sauste in die Höhe. Jetzt bekomme ich gleich den besprochenen Herzinfarkt, dachte ich. Ruhig, ruhig. "Frau Balltonio, bitte sofort alle Papiere per Fax an mich senden. Ich werde sofort bei der ERAL PLASTIK GmbH eine neue Rolle Papier einlegen. Bitte sofort starten. Ihr Mann könnte bald kommen. Dann haben wir keine Chance mehr." Dann kam der Megahammer. Sie sagte: "Ich kann das Faxgerät nicht bedienen. Nie im Leben musste ich faxen."
Meine Frau wurde leichenblass. So nah am Ziel, und doch vorbei?
Jetzt wurde ich ruhig. Ich wollte diese Chance nicht verpassen. Schritt für Schritt wurden die einzelnen Funktionen am Faxgerät erklärt und geübt. Die ersten Faxe kamen mit der Rückseite an, ohne Text…
Ich stand mit meiner Anna volle zwei Stunden am Faxgerät und nahm die ankommenden Seiten heraus. Finanzamtbriefe, Besprechungsnotizen, Banknotizen, Bankbelege, Geschenkbelege, Firmenneugründungsunterlagen, Vereinbarungen, Reisenotizen, Rechnungen usw. usw.
Als der Papierstrom endete, läutete nochmals das Telefon. Frau Balltonio teilte mir nur mit, dass sie morgen mit ihrer Freundin zusammen eine Eidesstattliche Erklärung verfassen und per Post übersenden werde. Ich hätte die Frau küssen können. Ich hatte jetzt die Lösung! Die Lösung! Mein Bauch sah dies nicht so. Warum, fragte mein Kopf? Ich wollte keinen Streit zwischen den beiden Zentren und handelte in Richtung Kopf.
Im Bett, selbstverständlich konnte bei diesen Ereignissen weder meine Anna noch ich schlafen, habe ich meiner Anna versprochen, nun öfter auf den Schwanberg zu fahren. Mit ihr zusammen.
Schon vor 7.00 Uhr saß ich wieder an meinem Schreibtisch und sortierte alle Faxpapiere der Balltonio Aktivitäten nach Datum der Ereignisse.

Das Ergebnis war für mich persönlich und die ERAL-Firmen erschütternd: Der Vertreter für Deutschland, Herr Balltonio, hatte mit dem erschwindelten Geld, dem vorfinanzierten ERAL-Wechsel über DM 50.000.- eine eigene Wettbewerbsfirma ALLRI GmbH gegründet, alle ihm bekannten Zulieferanten der ERAL GmbH abgeworben und teilweise zum Bau einer eigenen Kunststoffrecyclinganlage angeleitet. So fanden auch Verhandlungen mit der Firma Zwickmasch GmbH und der Firma HABER GmbH statt. Neben dem bereits unter Vertrag mit der ERAL GmbH stehenden Kunden ARAM GmbH wurden auch die möglichen Neukunden, Basis für die Provisionsvorauszahlung und die Wechselübergabe, abgeworben und teilweise unter Liefervertrag genommen. Auch die ihm bekannten Finanzierungswege für eine Finanzierung der zu liefernden ERAL-Anlagen wurden benutzt. Gespräche mit Leasingfirmen über ehemalige ERAL-Anlagen fanden statt. Die in 1993 durchgeführten Prozesse wurden somit mit Kenntnis und Unterstützung von Herrn Balltonio in Würzburg gegen die ERAL geführt. Die Firmen Zwickmasch GmbH, HABER GmbH und ARAM GmbH hatten diese Aktivitäten mit Herrn Balltonio abgesprochen.

Weiterhin hatte Herr Balltonio, so die Unterlagen, sogar mit Informationen der ehemaligen Vertriebsleiterin der ERAL GmbH, Frau Rigge, noch in 1993 alle Gegner informiert. Frau Rigge bekam Geschenke und ihr wurde eine leitende Position in der neuen Firma ALLRI GmbH angeboten. Welch ein Sumpf, welch ein moralischer Verfall der Sitten. Die Verträge und Geheimhaltungsabkommen hatten den Wert des Papiers nicht mehr. Jetzt war mir auch schlagartig die Situation um Frau Rigge im Frühjahr 1993 klar. Wie kaltblütig war diese Frau vorgegangen: Sie kündigte eines Tages - mitten im Quartal - das Arbeitsverhältnis auf. Einen Grund gab sie hierfür nicht an. Als leitende Angestellte wurde sie von mir sofort für die restliche Vertragslaufzeit freigesetzt. Natürlich gegen die volle Gehaltszahlung durch die ERAL GmbH.

Am ersten Tag nach Vertragsablauf stand Frau Rigge aus Volkach beim Arbeitsgericht in Würzburg, erhob Klage und stellte einen Konkursantrag gegen die ERAL PLASTIK GmbH wegen Nichtzahlung des Gehaltes.
Ein Konkursantrag gegen die falsche Firma, denn der Arbeitgeber war die ERAL GmbH. Da die ERAL GmbH danach die fehlende Gehaltszahlung komplett bezahlte, wurde dieser Konkursantrag zurückgenommen. Diese Klage und der Konkursantrag wurden später von der Staatsanwaltschaft als Beweis für die Zahlungsunfähigkeit benutzt. Auch dieser Vorwurf wurde später zurückgenommen. Frau Rigge und Herr Balltonio hatten das gemeinsame Ziel erreicht.

Im Reigen der anderen, folgenden Prozesse wurden die ERAL-Firmen ausgezählt, brutal vernichtet. Und jetzt erst hatte ich die Ursache und die Beweise in den Händen.

Zwei Mitarbeiter der ERAL GmbH, mit internen Kenntnissen, agierend im Innen- und Außenverhältnis, übereinstimmend in den einzelnen Aktionen, verbündeten sich mit Partnerfirmen gegen den eigenen Arbeitgeber.

Meine Frau Anna war entsetzt. Nie wieder wolle sie einem fremden Menschen vertrauen, sprach sie. An diesem Tag konnte ich meine Arbeit nicht mehr aufnehmen. Ich war voller Wut.

10. Die Entscheidung
Oder die erste Suche nach der Wahrheit   (1994)

Als Fritz Deutsch wollte ich nicht aufgeben und einfach als Verlierer zur Tagesordnung übergehen. Ich fasste einen Entschluss. Zum einen wollte ich die Firma ERAL PLASTIK GmbH mit einem Partner weiterführen und nach Möglichkeit im Ausland neue Aktivitäten entfalten. Zum anderen wünschte ich mir die volle Wahrheit über die Vorgänge aus den Jahren 1992 bis 1994 zu erlangen. Weiterhin wollte ich alle Täter mit gesetzlichen Mitteln verfolgen, unter Berücksichtigung der fehlenden Finanzmittel. Hierzu erstellte ich für mich ein Grundlagenpapier und einen Arbeitsplan.
In all den Jahren war meine Familie die Basis für den privaten wie auch den geschäftlichen Erfolg. Auf diese Bausteine wollte ich weiter bauen. Ich setzte ein Familientreffen an. Wir saßen am großen Tisch im Wohnzimmer, meine Anna, die drei Kinder und ich. Etwa eine Stunde erklärte ich die Vorgänge aus der letzten Zeit. Später legte ich die Faxpapiere von Frau Balltonio vor. Zum Schluss erklärte ich die finanzielle und die behördliche Situation. Gerichte, Staatsanwaltschaft und das Finanzamt gaben sich fast täglich per Post oder mit Besuchen die Klinke in die Hand.
Danach kam ich mit meinem Vorschlag heraus: "Ich möchte alle Vorfälle aufklären. Mit gesetzlichen Mitteln möchte ich alle Täter bestrafen lassen. Die Täter sollen merken, dass die Familie alle Zusammenhänge der Betrügereien, der Machenschaften und das Zusammenspiel kennt. Der Staat mit der Staatsmacht muss diese Informationen erhalten, nur so können das Recht und die Ordnung ihren Platz in Deutschland erhalten.
Wenn die Familie, die heutige Versammlung, mich bei dieser Arbeit moralisch unterstützt und bei meinem finanziellen Mangel eintritt, also auch mit den jeweils vorhandenen Mitteln das Überleben sichert, werde ich ca. 80% meiner Kraft in die Verfolgung einsetzen."
Es folgte Stille. Meine Kinder schauten die Mutter an. Dann meine Anna: "Ich gehe diesen Weg unbeugsam mit. Ich vertraue meinem Mann. Ich bestehe jedoch auf einem gesetzlichen Weg. Es macht keinen Sinn Straftaten zu begehen und die nächsten Jahre mit Besuchen im Gefängnis auszufüllen. Dies könnten ein oder mehrere Täter, wo immer sie stehen, eingeplant haben."
Die Familie hat einstimmig meinem Plan zugestimmt. Nun lag die schwere Last wieder auf meinen Schultern. Ich spürte den gewaltigen Druck.

11. Die Untersuchung
Oder die Akten sprechen Bände   (1994-1997)

Ich wollte sofort mit meiner Untersuchung beginnen. Doch es ging nicht. Da meine Mitarbeiter nicht mehr da waren, musste ich alle Bürofunktionen selbst übernehmen.
Da kam sie angerollt, die Welle. Und spülte mich weg.
Neben den täglichen Vorkommnissen kamen die Behördenbriefe. Weiße, graue, blaue, grüne, rote, rosa Briefumschläge. Ich hatte in der Vergangenheit nicht gewusst, wie viele Behörden und Organisationen mit den vielen Abteilungen mit einer Firma und dem persönlichen Bereich verknüpft sind. Die Gerichte mit den vielen Abteilungen, die Finanzämter mit den vielen Abteilungen, die Arbeitsämter mit den vielen Abteilungen, die Handelskammern mit den vielen Abteilungen, das Landratsamt mit den vielen Abteilungen, die Gemeinde mit den vielen Abteilungen, die Polizei mit den vielen Abteilungen, die Versicherungen, die Banken... Sogar der Müllcontainer vor dem Haus wurde vom Landratsamt gezielt nach dem Inhalt untersucht und mit Verwarnungen beklebt. Der Gerichtvollzieher, er hatte den gleichen Namen wie der amtierende Bundeskanzler Dr. Kraut, wurde Stammgast im Büro. Wir wurden Freunde. Denn er sah, dass ich und Anna gegen übermächtige Feinde kämpften. Meine Nase war bildlich gesprochen zumeist unter Wasser. Ich lebte vom Prinzip Hoffnung. Herr Kraut war in seinen Handlungen ein Mensch, kein Beamter. Fast liebevoll fragte er mich oft, wo er das Pfandsiegel an Geräten und Einrichtung anbringen solle. Ich durfte erstmals wieder entscheiden. Und war einfach glücklich. Doch Herr Kraut sagte mir auch: "In meiner langjährigen Praxis habe ich noch nie erlebt, dass einer meiner Klienten wieder das rettende Ufer erreichte. Alle Personen gingen unter oder wurden Aussteiger in einem unbekannten Land." Ich, Fritz Deutsch, wollte das rettende Ufer für mich und meine Familie finden.
Meine Anna und ich konnten nicht mehr. Kraftlos und ohne Geld schwammen wir durch Tage und Nächte. Wir hatten beide kein Zeitgefühl mehr. In meiner letzten Verzweiflung hatte ich eine Idee: Ich nahm einen großen Karton vom Dachboden und beschriftete in mit ERLEDIGT. In diesen Eingangskarton warf ich täglich die Post mit den Farben grau, blau, grün, rot, rosa. Nur noch weiße Kuverts hatten eine Chance und wurden geöffnet. Zumeist Kundenpost. Ich hatte wieder ein gutes Gefühl.
Die beabsichtigte Wirkung der Bürokratie, falscher oder richtiger Administration verschwand in einem dunklen Loch. Gut so. Wir waren gerettet.
Anna und ich fuhren zum Schwanberg und zündeten ein Teelicht an.

Mittlerweile hatte ich meinen Arbeitsrhythmus geändert. Am Tage bearbeitete ich den täglichen Ablauf für die Firmen. In der Zeit zwischen Mitternacht und Tagesanbruch arbeitete ich an meiner Untersuchung, an der Untersuchung über die Täter. Der bekannten Täter, sagte mein Bauch bestimmend. Ich erstellte im ersten Schritt wieder einmal eine Zwischenbilanz. Die Firmen konnten nicht richtig arbeiten, denn die Bankwege waren versperrt. Mir war klar: Das Vermögen und Werte von ca. DM 10 Mio. der Firmen waren weg. Der Großfamilie hatte ich, unfreiwillig, ca. DM 1,5 Mio. Geldvermögen vernichtet.

Da war es nicht besonders aufregend, dass das Großprojekt Pakistan nicht zum Zuge kam. Mit den Partnern aus Offenbach wollten wir ERAL-Technologie im Wert von ca. DM 100 Millionen nach Pakistan liefern, ferner sollten vom Dualen System (DSD) für ca. DM 300 Millionen Vergütung Kunststoffabfälle jährlich nach Pakistan angeliefert werden.

Aus Abfallstoffen sollten Wasserkanäle (Rinnen) für Balochistan produziert werden. Der damalige Umweltminister: "Wenn das Projekt umweltverträglich und wirtschaftlich sinnvoll ist, werden wir das Projekt unterstützen." Ein Projekt der Entsorgung, der Wirtschaftshilfe und Entwicklungshilfe.

Das letztlich zuständige Ministerium für Umwelt und Reaktorsicherheit meldete sich nicht mehr. Auch die eingeschaltete Presse und das Fernsehen bekamen aus Bonn keine Antwort. Erst gaben die Partner in Offenbach entnervt auf, dann auch ich.

Einige Monate später wurde ich von einem neuen Interessenten nach Stuttgart eingeladen. Die Überraschung war sehr groß. Der israelische Kaufmann eröffnete mir lächelnd, dass er einen Vertrag mit DSD für jährlich ca. 80.000 t Kunststoffabfall in der Tasche habe. Dies war möglich mit Hilfe einer Bankfaxkopie aus Israel - er zeigte sie mir - und einer politischen Strategie. Er hatte auch Papiere für die Übernahme einer der größten LPG (Landwirtschaftliche Produktionsgesellschaft) in Thüringen für den Umbau in eine der größten Kunststoffrecyclinganlagen der Welt. So macht man in Deutschland Geschäfte, sagte er. Er, der israelische Kaufmann, gab mir die Gelegenheit eine ERAL-Recyclinganlage zur Probe in seiner LPG aufzustellen. Da ich finanziell dazu nicht in der Lage war, ferner sich meine Magensäure verstärkt meldete, lehnte ich dieses Geschäft dankend ab und wünschte ihm weiterhin viel Erfolg. Außer Spesen nichts gewesen. So ist nun mal das Geschäftsleben.

Einige Jahre später bekam ich von Freunden einen Zeitungsbericht zugesandt. Darin stand, die Weltbank habe in Pakistan die Kunststoff-Rinnen für Trinkwasser untersuchen lassen, dies im Rahmen des Förderprogrammes für

Pakistan. Man habe festgestellt, der Kunststoff der Wasserrinnen gebe Gift-
stoffe an das Wasser ab. Der Hersteller aus Deutschland beschuldige jetzt
den DSD der falschen Materiallieferung.
Mein Gott, warum müssen Menschen andere Menschen in Gefahr bringen,
wenn sie doch schon über ein Millionen-Milliarden-Geschäft verfügen?
Wer trägt dafür die politische Verantwortung? Sicherlich finden die Verantwortlichen in der Bundesrepublik Deutschland den notwendigen Schutz in
der bekannten Kanzlerkrankheit: Man kann sich nicht erinnern. Man hatte
darüber keine Informationen.
Zurück zur Untersuchung der Vorfälle aus der nahen Vergangenheit. Ich
wollte mit militärischer Strategie und Taktik vorgehen. Den persönlichen
Büroraum funktionierte ich um. Die Bilder der Gegner wurden an der Wand
befestigt:
Herr Dr. Bolzenmann der Zwickmasch GmbH
Herr Balltonio der ALLRI GmbH
Herr RA Schreck aus Würzburg
Herr Naggl der HABER GmbH
Herr Mattich der ARAM GmbH
Frau Rigge aus Volkach
Von den anderen Akteuren lagen mir keine Fotos vor, noch nicht. Dann
machte ich mir einen Plan für die Sortierung der Daten nach Datum und Vor-
gang mit Hilfe des Personalcomputers. Über fünf Monate benötigte ich für
die Durchsicht aller Akten aller ERAL-Firmen. Hierbei hatte ich jedes Blatt
innerhalb der Büroräume mindestens einmal in den Händen. Meine Anna
hielt mich zeitweise für verrückt. Aber sie kannte mich sehr gut, den Solda-
ten. Ich war wie ein richtiger, guter Jagdhund auf der Spur des Wildes.
Nach der Zuordnung zur Sache nahm ich die Zuordnung nach Datum vor.
Jetzt erst stellte ich erschüttert fest, dass ich als Geschäftsführer meine Mitarbeiter und deren Arbeit nicht kannte. Versteckte Briefe, Faxe kamen in
fremden Vorgängen und Ordnern vor und wurden jetzt aufgefunden. Jetzt
verstand ich auch die Arbeit der Staatsanwaltschaft und der Polizei bei einer
Hausdurchsuchung. In der Masse der Papiere lässt sich auch das versteckte
Material finden.
Ich fühlte mich gut. Ich fühlte mich als Oberstaatsanwalt in eigener Sache.
Danach setzte ich meine Arbeit fort und sortierte alle Unterlagen aus den
Prozessen nach Datum und Inhalt. Wieder war ich erschüttert. In 1993 und
1994 hatte ich 34 Prozessverfahren als Beklagter ausgestanden! Und ich hatte
alle Prozesse verloren! Deshalb war der Gerichtsvollzieher Kraut so oft
Besucher in meinem Büro. 34 Entscheidungen und ihre Folgen. Die fremden
Rechtsanwälte leisteten ganze Arbeit.

In der Auflistung führte ich auch die Richter auf. Zwei Namen sind mir besonders aufgefallen. Ich sollte diese Namen später nochmals vorfinden.
Meine Anna hatte in dieser Zeit große Sorgen um mich. Denn sie sorgte sich, ob ich mein Versprechen der Gewaltlosigkeit auch einhalten würde. Ich konnte sie verstehen.
In den Unterlagen konnte ich eindeutig feststellen, dass die für die ERAL-Firmen wichtigen drei Prozesse mit Falschaussagen, gefälschten Urkunden und Unterlagen und mit falschen Beschuldigungen durchgeführt wurden. Auch war mir aufgefallen, dass mein eigener Rechtsanwalt Schreck in allen Fällen Klientenbetrug begangen hatte. Alle Verfahren - er hatte die Aufträge im Namen der ERAL Lizenz GmbH bekommen - zog er zur Firma ERAL PLASTIK GmbH oder auf die ERAL-Handelsfirma, auf die jeweils falsche Firma. Sogar die Rechtsanwaltsrechnungen und Kosteneintreibungen von der Kanzlei Schreck wurden nicht gegen die richtigen Firmen durchgeführt. Somit hatten die bisher unbelasteten ERAL-Firmen keine Chance. Doch warum dies? Worin lag der tiefere Sinn der Aktionen? Ich kam einfach nicht drauf.
Mein neuer Rechtsanwalt Atta beglückwünschte mich zur Findung der Tatsachen. Er war jedoch skeptisch und sagte: "Recht haben und Recht bekommen sind zweierlei Dinge. Das Recht ist ein Scheunentor." Mit dieser Meinung war er Rechtsanwalt? Ich konnte es nicht glauben. Doch er hatte nichts beschönigt. Er hatte eben in den Jahren viele Erfahrungen an den Gerichten in Würzburg und Unterfranken gewonnen.
Während dieser Tätigkeit hatten ich und Anna, als Gesellschafterin, ein Erfolgserlebnis: Für die ERAL PLASTIK GmbH wurde ein Geschäftspartner gefunden: APTC. Der Inhaber und Geschäftsführer war ein Herr Reiner aus Toronto, London, New York....
Mit einem Notarvertrag in Volkach - satte DM 6 Millionen für 25% Geschäftsanteil und dem Einstand von zwei Aufträgen aus USA in Größe von ca. DM 5 Millionen - wurde der Pakt Mitte Juli 1994 geschlossen. Der neue Partner übernahm sofort die angebotene Geschäftsführung. Ich hatte ein gutes Gefühl. Der Rechtsanwalt Atta beglückwünschte meine Anna und mich. Er sagte bewegt: "Sie haben es doch geschafft. Sie sind gerettet. Die Bemühungen der Vergangenheit haben sich gelohnt."
Wieder machte sich mein Bauch bemerkbar. Ich sagte zu ihm: "Du bist nur neidisch, dass der Kopf Recht hatte. Wir wollen jetzt wieder positiv leben."
Mein Bauch aber, mein Informationszentrum, hatte es richtig gesehen.
Nach einem Jahr der Partnerschaft wurde die ERAL PLASTIK GmbH vom Partner Reiner als Geschäftsführer in den Konkurs geführt. Weder die Beteiligung von DM 6 Millionen, noch die erteilten Aufträge wurden zwischenzeitlich finanziert. Es wurde nie finanziert.

Nach weiteren zwei Jahren Arbeit mit windigen Firmenkonstruktionen aus USA und England, dies unter der Leitung und Regie des Partners Reiner als Alleininhaber und Präsident der 500-Dollar-Firmen, habe ich ihn aus dem Büro geworfen. Ich war einem Großbetrüger auf den Leim gegangen. Nicht nur ich, auch andere Geschäftsleute, viele Banken und Kommunalorganisationen hatten die gesamte Zeit im Glauben an das große Geld verbracht. Meine Zusammenfassung für die Staatsanwaltschaft in Würzburg brachte den Schaden in Höhe von ca. DM 34 Millionen auf das Papier. Mehrere Kläger reichten in Würzburg Strafanzeigen ein, Klagen mit Fakten und Unterlagen. Dies in der Hoffnung Herrn Reiner das Handwerk zu legen.
In den folgenden Jahren wurden die Untersuchungen im Fall Reiner nicht aufgenommen. Es wurden Aktenzeichen erstellt. Angeblich wusste man in Würzburg den Aufenthaltsort von Herrn Reiner nicht. Obwohl er sich oft in Deutschland aufhielt. Seine Mutter verstarb im Raum Karlsruhe, wo er sie oftmals besuchte. Die Erbschaft in Höhe von ca. DM 1 Million konnte Herr Reiner unbehelligt beim ehemaligen Betreuer der Mutter abholen. Dies, obwohl mir gegenüber der Würzburger Staatsanwalt Pech versicherte, man beobachte die Erbschaft der Mutter genau und man werde bei der Übernahme zugreifen.
Als ich die Reiner-Adresse in der Schweiz der Staatsanwaltschaft Würzburg mitteilte, die Schweizer Polizei wartete auf ein Amtshilfebegehren aus Würzburg, stellte man das Verfahren gegen Herrn Reiner ein. Angeblich waren die Untaten zwischenzeitlich verjährt. Was zeitlich nicht stimmte. Rechtsanwalt Atta, auch ein Geschädigter, stellte Antrag auf Akteneinsicht und Aufhebung der Verfahrenseinstellung. Bisher geschah bei der Staatsanwaltschaft Würzburg nichts. Keine Antwort. Keine Akten. Warum diese Reaktion in Würzburg?
Ein kurzer Rückblick: Eines Abends im Dezember 1996 im Büro saßen Herr Reiner und ich über einer Projektplanung für Spanien. Herr Reiner, Alkoholiker, hatte schon die zweite Schnapsflasche zur Hälfte geleert. An diesem Tag kam eine zugesagte Zahlung für eine Geschäftsbeteiligung nicht bei ihm an. "Dieses Schwein zahlt nicht, er hatte es versprochen." So sprach er mit schwerer Zunge. "Jetzt haben wir wieder kein Geld." Und weiter: "Wenn einer Geld hat, dann kann ich es riechen und es ihm abnehmen. Wir haben die besten Geschäfte mit der Treubankanstalt gemacht. Zusammen mit LPG-Direktoren und Treubankanstalt-Direktoren haben wir riesige Landwirtschaftbetriebe übernommen. Die blöden Deutschen haben die Immobilien gerade so verschenkt. Sogar die Anzahlungen mussten wir nicht bezahlen." Herr Reiner hatte glänzende Augen. "Bankpapiere, Unterschriften zusammenkopiert, das waren Zeiten." Dann wurde er stumm.

In dieser Nacht ging ich mit eigentümlich schweren Gedanken ins Bett. Ich musste und wollte mich dieser Person entledigen. Aber wie und mit welchen Folgen?

Meine Anna, verstand schon einige Zeit meine Zusammenarbeit mit Herrn Reiner nicht mehr. Sie verstand mich als ihren Mann nicht mehr. In meiner Not versuchte ich an eine Finanzlösung mit dem Partner Reiner zu glauben. Ich glaubte meiner eigenen Kraft nicht mehr. War ich schwach?

Es kam die Nacht der Entscheidung. Unruhig wälzte ich mich im Bett herum. Sicherlich stand ich schon dreimal in der Küche, am Kühlschrank. Doch dieser war nahezu leer. Ob meine Anna die wenigen Getränke schon im Haus versteckte? Am Esszimmertisch machte ich wieder einmal Bilanz. Der Kaufmann kam wieder bei mir durch. So geht es nicht weiter. Recht so, sagte mir mein Bauch. Der Kopf als Partner schwieg.

Ich erinnerte mich an meine negativen Erfahrungen mit den ERAL-Mitarbeitern und Partnern. Warum war ich nicht schon früher darauf gekommen? Auf meinen Leitspruch: "Vertrauen ist gut, Kontrolle ist besser." Ich musste das bekannte Verfahren anwenden und alle Unterlagen im Büro untersuchen.

Herr Reiner führte auf seinen Reisen immer eine volle Aktentasche mit sich herum. Auch wurde eifrig im Büro kopiert. Die gewaltige Fülle des Materials wurde bei jedem Besuch im Büro umgeschichtet. Papiere in deutscher und englischer Sprache hatten die Überhand. Spanische und französische Dokumente, leider konnte ich diese nicht lesen, vervollständigten die Unterlagen, zumeist Verträge. Die nächste Abreise von Herrn Reiner nach London, zu einem anderen Partner, kam bald.

Ich suchte eine Woche lang in allen Papieren, und fand: Ich war einem Betrüger aufgesessen. Er hatte die ERAL mehrmals verkauft. Ohne Eigentümer und Besitzer zu sein. Man zahlte für Namensrechte, Lizenzen, Unterlagen und auch für laufende mögliche Projekte an ihn direkt. Konten hatte er in USA, England, Irland, Schweiz, BRD, Türkei, Zypern, Spanien. Als ich meine Anna informierte, weinte sie. Sie hatte mich oft gewarnt. Dies nützte uns jetzt nichts mehr. Niedergeschlagen saß ich vor dem Fernsehgerät. Das Programm war mir gleichgültig. Anna kam an diesem Abend nicht zu mir in das Zimmer. Sie ging in das Schlafzimmer. Ich war unbändig schwach und ausgebrannt.

Steh auf, wenn du ein Fritz Deutsch bist, hörte ich meine inneren Stimmen aus dem Kopf und dem Bauch sagen. Richtig, ich musste die positiven Punkte der Zusammenarbeit finden. Wie hatte der Rechtsanwalt Atta schon mehrmals zu mir gesagt: "Aus jeder Sache und Tätigkeit bekommt man Erfahrung und damit einen Gewinn." Was hatte Herr Reiner bei seinem letzten großen Suff im Büro gesagt? Er nannte doch die Treubankanstalt.

Partnerschaft, Erfolg, Betrug, Ostdeutschland! Ich verknüpfte mein Wissen um die eigenen Treubankanstalt-Erfahrungen aus 1991 mit den Erkenntnissen um die Zwickmasch GmbH, dem untreuen Rechtsanwalt Schreck usw. aus 1994.
1997 hatte ich das Licht, die Erkenntnis, buchstäblich in der Hand. Herr Reiner hatte dieses Licht sicherlich ungewollt angezündet.

12. Die Arbeit für die Staatsanwaltschaften
Oder der Glaube an das Recht   (1994-1995)

Nochmals ein kurzer Rückblick nach 1994:
Ich lag schon wieder ausgezählt, geschlagen und mutlos am Boden. Der ehemalige Kunde ARAM GmbH stellte beim Konkursgericht den Konkursantrag gegen meine Firma ERAL Lizenz GmbH. Durch seine Machenschaften vor Gericht hatte die Firma ARAM GmbH einen Titel über ca. DM 600.000.- erreicht und legte nun diesen vor. Meine ERAL Lizenz GmbH war nach zwölf Jahren am Ende, gestorben. Ermordet von eigenen Mitarbeitern, in Zusammenarbeit mit den Firmen ARAM GmbH, HABER GmbH und Zwickmasch GmbH. Und nach neuesten Informationen und Unterlagen mit passiver Hilfe durch die Treubankanstalt als Partner der Zwickmasch GmbH. Wieder rollte eine bürokratische Welle über mich als ehemaliger Geschäftsführer und Inhaber der ERAL Lizenz GmbH hinweg. Letztlich auch über meine ganze Familie. Ich wollte den Kampf aufgeben und nicht mehr alle Forderungen der Bürokraten, der Gegner und deren Rechtsanwälte erfüllen. Ich ging zu meinem Hausarzt Dr. Blindmann. Dieser sah mein Elend, meinen körperlichen Zustand und verordnete zur Rettung eine Auszeit. Er hatte Angst um mich. Mit einem Attest in der Hand erreichte ich die Wohnung. Ich suchte nur noch mein Bett auf. Zu meiner Anna war ich stumm, denn ich war geschlagen. Ich verbrachte eine gewaltige Zeitschiene im Bett. Mich interessierte in meinem Jammertal keine Zeit, keine Uhr mehr. Ich wollte nur noch meine Ruhe haben.

Da rettete mein Rechtsanwalt Atta die negative Situation und letztlich mein weiteres aktives Leben. In einem Abendgespräch in seiner Kanzlei, er wollte einfach Zeit für mich haben, forderte er mich auf zu kämpfen und nicht aufzugeben: "Sie haben jetzt zwölf Jahre eigenverantwortlich gearbeitet, Sie haben den Fortschritt in der Umwelttechnik nicht nur in Europa beeinflusst und geprägt, man kennt Ihren Namen und die Firmen ERAL, Sie haben drei Jahre gegen übermächtige, verdeckte Gegner gekämpft, Sie haben Ihre Existenz verloren. Sie können eine neue Existenz aufbauen, Sie haben noch immer die Verantwortung gegenüber Ihrer Familie. Man glaubt an Sie. Kämpfen Sie und bauen Sie neu auf!" Und weiter: "Gegenüber vergleichbaren Fälle haben Sie noch viele Freunde an Ihrer Seite, Ihre Familie ist auch noch da und hat Sie nicht verlassen. Ich und einige Kollegen haben Sie in der Vergangenheit beraten und unterstützt, weil wir sahen, dass Sie nicht aufgeben. Sie dürfen jetzt nicht aufgeben, bleiben Sie im Ring und gewinnen

Sie den Ihnen von Dritten bildlich aufgezwungenen Boxkampf. Sie werden dann so oder so gewinnen. Sie kämpften bisher ohne die Spielregeln zu kennen. Jetzt haben Sie die Informationen und kennen somit die Spielregeln. Wenn Sie weiterhin im Ring bleiben, werden Sie auch weiterhin von allen bisherigen Freunden unterstützt."

Ich, Fritz Deutsch, bin kein Verlierertyp. Meine Familie hat in Deutschland einen nachvollziehbaren Stammbaum von fast 300 Jahren. So informierte mich meine Schwester beim letzten Brief. Ich bleibe im Ring. Mutig packte ich den neuen Tag an. Meine Anna schaute mir zweifelnd ins Gesicht. Sicherlich dachte sie, ihr Fritz habe Drogen genommen. Meine Augen waren wieder hart und klar. Willensstark.

Zuerst nahm ich mir den größten Gegner vor, das Nichtwissen. Ich sprach an diesem Morgen mit dem Informationsdienst Creditreform in Würzburg. Als alter Kunde kannte man meinen geschäftlichen Lebensweg und den Untergang in den letzten drei Jahren. Es tat gut, dass das Telefon und das Faxgerät noch immer in Funktion standen. Über eine Stunde hörte man mir am Telefon zu. Ich sprach sehr offen die mir bekannten Informationen und Fakten an. Letztlich bat ich um eine kostenlose Unterstützung. Wenn es das Leben zuließe, wollte ich diese Kosten später begleichen. Man willigte auf der anderen Seite ein. Sofort faxte ich die Liste mit den anzufragenden Namen und Firmen-Adressen nach Würzburg. Schon am nächsten Tag fand ich die ersten Auskünfte auf dem Faxpapier. Jetzt konnte ich die neu geplante Arbeit aufnehmen.

Die Firma ARAM GmbH eröffnete den Reigen meiner Strafanzeigen. Da sich diese ostdeutsche Firma in 1992 und 1993 immer in finanziellen Schwierigkeiten befand, Zeitungsartikel berichteten darüber, waren die Beweggründe für die Zusammenarbeit mit meinem ehemaligen Vertreter Balltonio und dem Lieferanten HABER GmbH klar. Der Firma ARAM GmbH wurden eine billigere Recyclinganlage und gleichzeitig eine Vorzeigeanlage von Herrn Balltonio angeboten. Nach den gefundenen Unterlagen wollte man auch gemeinsam mit der Firma ALLRI GmbH von Herrn Balltonio weitere Recyclinganlagen verkaufen. Somit stellte ich Strafanzeige wegen Konkursverdacht und falscher Verdächtigungen gegen die ERAL Lizenz GmbH. Damit sollten die Ursachen für den Prozess und den gestellten Konkursantrag dargestellt werden. Schadenshöhe: ca. DM 700.000. Das Untersuchungsverfahren wurde 1995 in Meiningen, in Chemnitz und in Würzburg in den Akten geführt. Das Ergebnis nach sehr kurzer Zeit: Alle Verfahren wurden eingestellt. Meine Unterlagen und Darstellungen wurden von den Staatsanwaltschaften nicht als richtig oder werthaltig anerkannt. Ich habe dies nicht akzeptiert und widersprochen. Zwecklos.

Meine gesamte Arbeit war umsonst gewesen. Oder doch nicht?

In 1998 wurde ich darüber informiert, dass die Firma ARAM GmbH sich im Konkursverfahren befindet. Das Inhaberehepaar wurde bestraft. Das Privatvermögen und das Geschäftsvermögen, die Bankkredite und die Subventionen waren verloren. Damit auch die Geschäftsidee Kunststoffrecycling und die Arbeitsplätze. Für mich gab es nun wieder Gerechtigkeit auf Erden.

Doch warum wurden damals bei den Staatsanwaltschaften die Untersuchungen eingestellt? Obwohl doch die angezeigten Ereignisse jetzt eingetroffen sind. Nur eine Überlastung bei der Staatsanwaltschaft?

Meine nächste Aktivität setzte ich gegen den ehemaligen Vertreter Balltonio und seine Firma ALLRI GmbH ein. Hier hatte ich lückenlos die benötigten Unterlagen und somit Beweise. Seine Ehefrau hatte ganze Arbeit mit ihrer Information in 1994 an mich geleistet. Verbunden mit den Unterlagen stellte ich in 1995 bei den Staatsanwaltschaften in Chemnitz und Darmstadt Strafanzeigen wegen Eingangsbetrug, Untreue, Verleumdung und Konkurrenzaufbau. Schadenshöhe: ca. DM 150.000.-. Das Ergebnis nach sehr kurzer Zeit: Alle Verfahren wurden eingestellt. Meine Unterlagen und Darstellungen wurden von den Staatsanwaltschaften nicht als richtig oder werthaltig anerkannt. Auch sei Herr Balltonio schon bestraft genug. Ich habe diese Entscheidung nicht akzeptiert und widersprochen. Es war wieder zwecklos.

Doch meine Arbeit war nicht zwecklos gewesen. Denn ich wurde von der Staatsanwaltschaft und Dritten darüber informiert, die Firma ALLRI GmbH sei in 1994 in Konkurs gegangen. Sie hatte nicht einmal zwei Jahre Lebenszeit geschafft, und dies ohne Konkurrenz auf dem Markt.

Der Lump Balltonio hatte in dieser Zeit einen Autounfall. Volltrunken hatte er einen Mann totgefahren. Nunmehr ist er vorbestraft. Leider musste er dafür nicht ins Gefängnis. Er bekam eine Bewährungsstrafe. Seine Ehefrau hat ihn danach aus dem Haus geworfen, nicht wegen der genannten Vorfälle, nein, er hatte und hat noch immer ein Verhältnis mit einer Frau aus Zentralafrika. Die kranke Frau sah nur diesen Ausweg in ihrer zerrütteten Ehe. Inzwischen lebt Herr Balltonio in einer Sozialwohnung in Frankfurt. Zusammen mit der Frau und einem Kind aus Zentralafrika. Für mich gab es nunmehr wieder Gerechtigkeit auf Erden. Ob ich den abgeschwindelten Betrag von DM 50.000.- jemals wieder sehe? Geduld - ja Geduld habe ich noch immer.

Doch warum wurden damals bei den Staatsanwaltschaften die Untersuchungen aus meiner Strafanzeige eingestellt? Werden die Straftaten bei der Staatsanwaltschaft nicht gleichwertig behandelt? Oder hat Herr Balltonio im Strafrecht einen Mengenrabatt?

Jetzt machte ich mich auf den bürokratischen Weg, den ehemaligen Lieferanten HABER GmbH mit einer Strafanzeige zu bestrafen. Meine Untersuchungen in den ERAL GmbH Akten ergaben für mich eindeutig die Tatbestände: Erpressung, Falschaussage, Verleumdung, Konkursverschleppung und Urkundenfälschung.

Ein Beispiel der Machenschaften: Die im Würzburger Prozess gegen die ERAL Lizenz GmbH vorgelegte Forderungsrechnung war schlicht falsch. Sämtliche Daten wie: Auftragsnummer, Datum, Inhalt und Lieferung waren nicht von einem Auftrag übernommen worden. Alle Daten stammten jeweils von verschiedenen Vorgängen ab. Weder ich selbst noch der Verteidiger hatten sie in der Prozesszeit kontrolliert. Dies lag in den Händen der Mitarbeiter. Pech gehabt, sagte der Rechtsanwalt Atta. Mit einem Berg an Unterlagen stellte ich in 1994 Strafanzeige gegen die Inhaber und den Geschäftsführer Naggel in München. Schadenshöhe: ca. DM 3.400.000.-.

Das Ergebnis nach einem Jahr: Alle Verfahren wurden eingestellt. Meine Unterlagen und Darstellungen wurden von den Staatsanwaltschaften nicht als richtig oder werthaltig anerkannt. Auch eine Hausdurchsuchung, beantragt von der bearbeitenden Staatsanwältin, durch die Polizei änderte nichts daran. Auf meine Positionen der Vorwürfe und Wünsche wurde nicht eingegangen. Ich habe dies, wie immer, nicht akzeptiert und widersprochen. Meine Aktivität war wieder zwecklos.

Wie bei allen Fällen fragte ich mich: Warum wurden bei der Staatsanwaltschaft München die Untersuchungen mit dem für mich negativen Ergebnis ausgeführt? Die Vorprüfung meines Antrages bei der Staatsanwaltschaft war doch positiv.

Das Rätsel - Einstellung des Verfahrens - wurde bald gelöst. Nach telefonischer Vereinbarung mit München, fuhr ich mit meinem Rechtsanwalt Atta zur zuständigen Staatsanwaltschaft nach München. Der gesamte Fall, meine Strafanzeige, wurde im Büro der Staatsanwältin eingehend besprochen. Nach einiger Zeit sagte die Staatsanwältin zu uns beiden: "Ich habe mir die Akten über Herrn Fritz Deutsch von der Staatsanwaltschaft aus Würzburg schicken lassen." Ich: "Ich bin doch nicht der Beklagte." Sie: "Wir wollten uns ein Bild über den Strafanzeige-Ersteller machen. Nach der Durchsicht der übersandten Akten sage ich Ihnen, Herr Fritz Deutsch wird in Würzburg niemals sein Recht bekommen. Warum dies in Würzburg so ist und aus der Aktenlage ersichtlich ist, liegt außerhalb meiner Tätigkeit als Staatsanwältin."

Ich war sprachlos. Der Rechtsanwalt Atta schluckte bei dieser Aussage und wurde bleich. Und sprachlos. Jetzt hatten der Rechtsanwalt und ich die Lösung und Antwort für die ca. 34 verlorenen Prozesse und die Ablehnung der bisherigen Strafanzeigen am Gerichtsort in Würzburg: Ich bin als

Bürger Fritz Deutsch in der Bundesrepublik Deutschland rechtlos. Die Anwendung der Verfassung und der Gesetze zu meinen Gunsten gelten nicht. Die Staatsanwältin bedauerte die Aktenlage und versprach - immerhin sei sie weisungsgebunden und habe Vorgesetzte - die Strafanzeige weiterhin ordnungsgemäß zu behandeln. Mein Rechtsanwalt Atta sagte auf dem Weg zum Auto: "Ich glaube es nicht, ich darf es nicht glauben." Auf der Rückreise im Auto habe ich mir geschworen, planmäßig alle Strafanzeigen und Klagen weiter auszuführen. Auch wenn am Ende von ca. 100 Anträgen wieder ca. 100 Absagen und Misserfolge zu verzeichnen sein sollten. Meine Anna glaubte mir die neue Information aus München nicht. "In unserem Rechtstaat gibt es keine Korruption bei der Staatsanwaltschaft. Worin sollte dabei der Vorteil für die Staatsanwaltschaft und/oder einzelner Personen liegen?" Starke Worte. Doch die Praxis und die Fakten lassen sich nicht verleugnen.
Immer wieder fragten wir uns, meine Anna und ich, warum ich, Fritz Deutsch, in der Bundesrepublik Deutschland rechtlos und mittellos geworden bin. In meinen fünfzig Lebensjahren, bis 1993, war ich nie in einer Beklagtenposition bei Gericht. Selbstverständlich hatte ich meinen Grundwehrdienst abgedient und keine Wehrdienstverweigerung im Geiste überlegt. Auch die evangelische Kirche hatte ich oft besucht. Auch das Finanzamt hatte mit mir als kräftigem Steuerzahler nie Probleme. Als Bürger, Unternehmer und Demokrat war ich zu keiner Zeit Kommunist oder Terrorist. Was war um mich herum bloß los? Würde ich jemals das Geheimnis von Würzburg lüften können? Ich, Bürger Fritz Deutsch, glaubte fest daran.
Am nächsten Tag stürzte ich mich auf die Unterlagen der Firma Zwickmasch GmbH. Die verantwortlichen Personen der ehemaligen Zwickmasch GmbH sollten von mir strafrechtlich angezeigt werden. Hier konnte ich auf die eigenen Firmenakten und auf die Informationsunterlagen von Frau Balltonio zurückgreifen, auf vorgefundene Fakten aufbauen. Auch die Nichtherausgabe des ERAL-Firmeneigentumes, einer mobilen Kunststoffrecyclinganlage auf dem Gelände und die betriebliche Einrichtung im ehemaligen Technikumgebäude in 1992 und 1993 waren ein finanzielles, rechtliches Thema.
Meine Strafanzeige musste schnellstens auf den Weg gebracht werden. Doch diesmal wählte ich einen anderen Weg für den Start meiner Strafanzeige. Mit meiner Anna in Begleitung fuhr ich zum Jahresende 1994 zur Staatsanwaltschaft nach Chemnitz, denn diese war für den Bezirk Zwickau zuständig. Ich wollte einen Zeugen, meine Anna, beim Gespräch in Chemnitz dabei haben. Der Name Zwickmasch GmbH aus Zwickau war der Staatsanwaltschaft schon bekannt. Wir wurden der zuständigen Staatsanwältin übergeben. "Ja, es gibt schon eine Akte Zwickmasch GmbH im Hause. Es läuft ein Konkurs-

verfahren. Auch liegt der Verdacht auf mehrere Straftaten vor. Zurzeit werden die gesamten Unterlagen hier in Chemnitz zur Bearbeitung gesammelt." Da war demnach wieder ein Konkurs in den Reihen der für mich auf dem Papier stehenden kriminellen Gegner. Mir ging es gut. Meine vorgetragenen Argumente und mitgebrachten Unterlagen, so meinte die Staatsanwältin, böten eine gute Grundlage für eine Strafanzeige. Ich sagte eine schnelle Übersendung der Strafanzeige mit Unterlagen an die Aktennummer, zu ihren Händen, zu.

Ich hatte ein gutes Gefühl. Meine beiden Informationszentren in Kopf und Bauch sagten nichts. Oder wollte ich wieder einmal nichts hören? Im Auto sagte ich immer wieder zu mir, es geht mir gut, sehr gut. Nach diesem Gespräch bei der Staatsanwaltschaft wollte ich meiner Anna eine Freude machen und sie zum Essen einladen. Während der Rückreise, kurz hinter Chemnitz auf der alten Autobahn, brachte ich ihr die Idee nahe, vorab die ehemalige Firma Zwickmasch GmbH in Zwickau aufzusuchen und danach in der Altstadt Zwickau in eine Gaststätte einzukehren. Dies fand ihre Zustimmung. Ich wollte nur einen Blick auf das Gelände werfen. Schaden kann so etwas nie.

Unser gemeinsamer Eindruck: Die Räder auf dem Gelände der Zwickmasch GmbH standen still. Ein trauriger Anblick. Unsere ERAL - Fahnenstangen, unsere farblich blau gestalteten Container, unsere mobile Kunststoffrecyclinganlage, untergebracht in 5 großen, steingrauen 12m - Standardcontainern, waren verschwunden. Auf dem Gelände war nichts zu sehen. Auch keine Personen.

Da hatte ich wieder eine meiner Ideen: Ich könnte mehr über die Vergangenheit der Firma Zwickmasch GmbH erfahren, wenn ich die Stadtverwaltung Zwickau besuchen würde. Meine Anna und ich kannten doch den Oberbürgermeister der Stadt Zwickau vom Juli 1992. Er hatte doch für uns die große Eröffnungsrede bei der Weltpremiere gesprochen.

Als Besuchsgrund überlegte ich mir die erneute Suche eines Betriebsgrundstückes für die existierende ERAL PLASTIK GmbH. Nach Möglichkeit wollte ich mein Interesse an der Firma Zwickmasch GmbH anmelden, da ich von einem Konkursverfahren gehört hätte. Solch eine Immobiliensuche könnte ja für die Firma ERAL PLASTIK GmbH, bei dem zu erwartenden Kapital, tatsächlich von Interesse sein. Gesagt und getan. Wir besuchten die Stadtverwaltung. Der Oberbürgermeister, wir erkannten ihn auch nach zwei Jahren sofort, war erfreut über unser Interesse an einer Firmenimmobilie. Gelände für Industriezwecke und Arbeitsplätze gäbe es in Zwickau genug. Man müsse mit ca. DM 80.- pro m2 rechnen. Arbeitskräfte seien kein Problem. Ich brachte das Gespräch auf die mir bekannte Firma Zwickmasch

GmbH. Meine Anna schaute mich an und telefonierte, wie unter manchen Ehepaaren so üblich, mit den Augen: Ich sollte sehr vorsichtig sein. Der Oberbürgermeister kannte die zweitgrößte Firma seiner Stadt, die Zwickmasch GmbH, - fast - nicht mehr. Er wisse nichts über diese Firma. Ihm persönlich sei keine Übernahmemöglichkeit bekannt. Aber, man solle sich doch nicht mit der Zwickmasch GmbH beschäftigen, denn er könne dort als Stadtverwaltung nicht eingreifen oder helfen.

Diese überraschende Information hatten wir nicht erwartet. Da leidet dieser Oberbürgermeister auch schon an der bekannten Kanzlerkrankheit. Er kann sich an nichts mehr erinnern. Wir verabschiedeten uns mit den Worten, wir würden unseren Standortbedarfsplan erstellen und der Stadt Zwickau mitteilen. Ende einer Geschäftsreise in den Osten.

Am nächsten Tag berichtete ich meinem Rechtsanwalt Atta in Würzburg über die Reise nach Sachsen. Nach längerem Schweigen sagte er: "Die Sache in Sachsen erscheint mir oberfaul. Wenn ein Oberbürgermeister eine Großfirma in seiner Gemeinde verleugnet und sich als nicht informiert darstellt, dann gibt es Geheimnisse. Weiterhin mache ich mir Sorgen darüber, dass sich bisher alle gegnerischen Firmen in der Konkurssituation befinden. Inbegriffen der - wie wir jetzt wissen - von der Gegenseite geplanten Konkurse der ERAL Firmen. Wir dürfen auch nicht vergessen, was wir bei der Staatsanwaltschaft in München erfahren haben. Die Justiz in Würzburg gibt der ERAL und/oder dem Fritz Deutsch kein Recht. Ich spüre die Gefahr als Rechtsanwalt. Sie, Herr Deutsch haben in ein unbekanntes Schlangennest getreten. Diese Schlangen werden, wenn immer möglich, aus ihrem Nest herauskommen und mit den Giftzähnen zuschlagen. Leider kennen Sie weder Art noch Aussehen der Schlangen, somit auch nicht das richtige Gegenmittel. Jetzt müssen Sie sehr, sehr vorsichtig sein! Aber, auch mich interessiert das Aussehen der Schlangen."

Ich, Fritz Deutsch, wollte jetzt Fakir für diese Schlangen werden. Als selbsternannter Fakir führte ich in meine Planung das Vorsichtsprinzip ein. Und rechnete nunmehr mit neuen Überraschungen, Angriffe von der unbekannten Gegenseite. Ich kopierte in dieser Woche alle relevanten Unterlagen bezüglich der CAMAC AG und der mir bekannten gegnerischen Firmen durch. Die Staatsanwaltschaft könnte ja auf die Idee kommen wieder bei mir im Hause eine Untersuchung mit Beschlagnahme durchzuführen. Nach meiner bisherigen Erfahrung ist alles möglich. Weiterhin gilt jetzt für mich, die neuen, zukünftigen Papiere werden grundsätzlich mit mehreren Kopien angefertigt. Die Lage ist sehr ernst, jedoch nicht hoffnungslos.

Gleich zum Jahresanfang 1995 sandte ich meine Strafanzeige gegen die Personen innerhalb der Firma Zwickmasch GmbH mit den vorliegenden Unterlagen zur Staatsanwaltschaft in Chemnitz. Mein Vorwurf in der Strafanzeige: Diebstahl, Unterschlagung, Betrug und Konkursbetrug. Schadenshöhe: ca. DM 4.470.000.-. Ich hatte wieder ein gutes Gefühl. Die Staatsanwaltschaft bestätigte mir den Eingang der Strafanzeige und die Aktennummer. Es hat so seine Ordnung in Deutschland. Das Jahr 1995 ging vorbei. Das Jahr 1996 ging vorbei. Ich machte mir meine Gedanken. Mit der Ordnung klappt es wohl nicht so sehr...

13. Die Kampfansage in Chemnitz
Oder Tannenberg lässt grüßen   (1995-1996)

Der Angriff der Staatsanwaltschaft Würzburg, über das Amtsgericht Würzburg, kam im Februar 1995 in Form eines Strafbefehls. Nach meinen eigenen Aktivitäten in Sachen Strafanzeigen gegen die in meinen Augen "Kriminellen" aus den Firmen ARAM GmbH, HABER GmbH und Zwickmasch GmbH usw. war das nicht überraschend. Mein Rechtsanwalt Atta und ich lagen mit unserer Zeitannahme für solch eine Handlung nahezu richtig. Die Bürokratie arbeitet in Deutschland planmäßig. Das Schreiben der Staatsanwaltschaft Würzburg legte fest: Meine angeblichen falschen Handlungen mit der ERAL Lizenz GmbH in 1993 und 1994 brachten eine Gesamtgeldstrafe von DM 3.900.- ein. Begründung des bekannten Staatsanwalts Pech: Unterlassene Konkursantragstellung und verspätete Bilanzierung.
Die schon beschriebene positive finanzielle Situation der ERAL Lizenz GmbH wurde nicht beachtet. Auch die kaufmännischen Handlungen der Firma in 1993/94 wurden falsch dargestellt. Zwischenzeitlich waren auch der Staatsanwaltschaft Würzburg die gesamten Machenschaften der Gegner bei Gericht durch die Strafanzeigen bekannt. Und nichts wurde berücksichtigt. Somit wurde ein Strafbefehl auf der Basis der Aussage von der Staatsanwaltschaft München "Sie erhalten in Würzburg kein Recht" wieder erfüllt. Wieder handelte es sich bei diesem Strafbefehl um eine Antwort auf meine Verteidigungsaktivitäten.
Mein befragter Verteidiger, Rechtsanwalt Schickelbach, befürchtete bei einer Nichtanerkennung des Strafbefehls die Macht der Staatsanwaltschaft. Er hatte Angst vor Gerichtsverhandlungen und vor der Staatsanwaltschaft in Würzburg. Er wollte seine Existenz nicht gefährden. Oder hatte er dort richtige Freunde sitzen? Hatte ich den richtigen Strafverteidiger gewählt? Aufgrund der Befürchtungen des Verteidigers hat meine Familie die "Staatsanwalt-Geldstrafe" von DM 3.900.- bezahlt. Ob der Würzburger Staatsanwalt Pech mit seinen Kollegen damals wohl meine Niederlage feierte?

In dieser Situation machte ich mir große Sorgen um meine und Annas Überlebensfähigkeit. Denn weiterhin kam der Gerichtsvollzieher Kraut ins Haus und forderte zumindest kleinere Geldbeträge ein. Weiterhin musste ich aus finanziellem Mangel die Justiz über das Strafrecht benutzen. Und dies, obwohl ich ja mittlerweile immer nur negative Ergebnisse bekam. Der Klageweg war versperrt, denn meine Gegner hatten alle Mittel für meinen finanziellen Ruin eingesetzt. Dies mit Erfolg. Ich war ruiniert. Sorgen machten mir auch neue Gespräche mit engen Freunden. Diese machten mich darauf aufmerksam, dass mächtigere Gegner als bisher bekannt noch kriminellere Mittel einsetzen könnten. Sie machten sich Sorgen um Leib und Leben. Soweit hatte ich bisher noch nicht gedacht. Ich musste meine Strategie belassen, jedoch die Taktik ändern. Somit konnte ich mich jetzt nicht nur nach dem deutschen Militärlehrer Carl von Clausewitz ausrichten. Mir kam der Stabchef Ludendorff in den Sinn, der mit General Hindenburg im August 1914 bei der Schlacht um Tannenberg die zehnfache Übermacht der Russen geschlagen hatte.

Meine Anna wunderte sich sehr, als ich schon beim Frühstück das Buch "Schlacht um Tannenberg" las. Von meinen neuen Sorgen und Gründen, welche mich zu diesem Buch greifen ließen, sagte ich ihr nichts. Ich sprach von einer interessanten Ablenkung von meinen Problemen. Ich hatte meine Taktik gefunden. Ich musste meine Person aus der Öffentlichkeit und gegenüber den Behörden zurücknehmen. Ferner an einzelnen, unterschiedlichen Orten aktiv sein. Und letztlich die Informationen, Unterlagen und Kräfte gebündelt und überraschend gegen Unbekannt einsetzen.

Diese Taktik setzte ich sofort um: Mein Telefon wurde fast nicht mehr benutzt. Später ganz abgestellt. Briefe wurden grundsätzlich bei bisher fremden Poststellen, auch durch Dritte, aufgegeben. Gegenüber Angestellten, Beamten bei den Behörden sprach ich von meinem wirtschaftlichen Ende. Der Gerichtsvollzieher Kraut wurde über meine familiäre Niederlage in Gesprächen informiert, mit dem Zusatz, die Familie wolle mich nicht länger unterstützen.

Da es bei Behörden schon immer auch anständige, pflichtbewusste Mitarbeiter gab und gibt, oftmals wurden die von Dritten angewiesenen Handlungen von ihnen bedauert und Wege zur Verzögerung aufgezeigt, bekam ich von diesem Personenkreis sehr bald Nachrichten über die Wirkung der neu gewählten Taktik. Der Bürger Fritz Deutsch war - angeblich - erledigt worden. Die Bürokratie siegte. Tannenberg lässt grüßen! Mein ehemaliger Geschichtslehrer Grimm hätte sich gefreut ob der Umsetzung des Gelernten. Man lernt doch für das Leben.

In meinen Unterlagen hatte ich noch immer den unbehandelten Fall des ehemaligen ERAL-Firmen-Rechtsanwalts aus Würzburg, Herrn Schreck. Jetzt im Dezember 1996 wollte ich seinen Klientenbetrug an den ERAL-Firmen strafrechtlich verfolgen lassen. Trotz einer zu erwartenden Ablehnung der Staatsanwaltschaft in Würzburg sollten zumindest für die "Nachzeit der Geschichte" die Tatbestände und Akten vorliegen. Wie sagte doch der ehemalige Arbeitsminister Blamm zum Thema Arbeitslosenzahlen: "Wer sich nicht meldet, kann auch nicht gezählt werden."

Meine Strafanzeige mit kompletten Unterlagen für die Staatsanwaltschaft Würzburg beinhaltete den Verdacht: Klientenbetrug, Urkundenfälschung usw. in sechs mir bekannten Fällen. Schadenshöhe: ca. DM 1.100.000.-
Diese Strafanzeige sandte ich auch in Kopie an die Anwaltskammer in Bamberg. Diese vertritt zwar die Interessen der Rechtsanwälte, aber diese Kammer sollte ihre Mitglieder zumindest gut kennen. Das Ergebnis war für mich wieder negativ: Die Staatsanwaltschaft Würzburg stellte, exakt nach meiner Planvorlage, das Verfahren nach §170 ein. Denn selbstverständlich konnte man keinen Vorsatz des Rechtsanwalts nachweisen.
In sechs Prozess- und Firmenunterlagen finden sich die Aktivitäten von Herrn Schreck. Nichts wurde von der Staatsanwaltschaft berücksichtigt. Ich habe danach mehreren Juristen diese Schreck-Papiere und Staatsanwalt-schaft-Papiere gezeigt, auch Juristen aus dem Ausland. Man war immer über die Entscheidung der Würzburger Staatsanwaltschaft entsetzt. Man sprach von einer Bananenrepublik oder schlicht von Korruption im Amt.
Wer schützt den Bürger Fritz Deutsch? Das Gesetz der Bundesrepublik Deutschland sicherlich nicht. Umgekehrt herum gefragt, wer schützt die Staatsanwaltschaft Würzburg? Das Gesetz der Bundesrepublik Deutschland sicherlich auch nicht. Also wer hat in Deutschland die Macht?

14. Das Ende einer Hoffnung
Oder die Firma hatte keine Chance   (1995-1997)

Meine Anna wollte wieder einmal so richtig durch die Natur laufen und über unsere Zukunft reden. So zogen wir Wanderschuhe und Wetterkleidung an und fuhren auf den Schwanberg. Es war nur eine kurze Fahrt den Berg hinauf. Wir entschieden uns für den Schneewittchenweg, ein Weg rund um den Schwanberg. Anna fragte schon nach wenigen Schritten die derzeitige Situation bei der Firma ERAL PLASTIK GmbH ab. Wir hatten das heutige Thema gefunden. Ich schilderte ihr die Vorgänge nach dem Partnerschaftsvertrag der ERAL PLASTIK GmbH aus Mitte Juli 1994.
Der neue Partner, Herr Reiner, hatte noch immer nicht die notariell zugesagten DM 6 Mio. als Beteiligungsbetrag angewiesen. Er hatte sicherlich fünf briefliche Anmeldungen für einen Kapitaltransfer aus USA durchgeführt, es gab jedoch noch keine Bestätigung des Geldeingangs. Auf meine schriftliche Aufforderung und Fristsetzung zur Zahlung hatte Herr Reiner noch nicht reagiert.
Im August war ich als Geschäftsführer auf Wunsch der Inhaber zurückgetreten. Da Herr Reiner sich in den Staaten aufhielt, wurde der notarielle Löschungsvertrag erst im Dezember 1994 durchgeführt. Ich war froh, die Hauptverantwortung abgegeben zu haben. An Arbeit fehlte es mir, durch die Arbeit um die CAMAC-Affäre, nicht.
Sorgen machte ich mir über die Bankverhandlungen mit Herrn Reiner. Ich wurde darüber informiert, sollte Herr Reiner innerhalb einer kurzen Frist nicht seine Einlage bringen, so würden auch keine neuen Firmenkonten eröffnet. Herr Reiner jedoch: "Das Geld ist unterwegs, morgen wird es auf dem Konto sein." Die Firma benötigte schnellstens Geld. Auf der einen Seite waren für viele Millionen DM Aufträge eingegangen, auf der anderen Seite wurden zur Abwicklung der Aufträge große Mengen an Betriebskapital benötigt. Ich, Fritz Deutsch, hatte ein schlechtes Gefühl. Dies wollte ich heute auf der Wanderung meiner Anna nicht sagen.
Auch meiner Frau Anna war nicht verborgen geblieben, dass der Gerichtsvollzieher Kraut nur noch Pfändungsunterlagen gegen unsere Firma ERAL PLASTIK GmbH brachte und bearbeitete, Pfändungen aufgrund der Gerichtstitel gegen die ERAL PLASTIK GmbH, die jedoch von der Firma ERAL Lizenz GmbH verursacht worden waren. Eine Folge der bekannten Machenschaften des Rechtsanwalts Schreck bei den Prozessen in Würzburg und an anderen Orten. Leider gab es mittlerweile diese Firma ERAL Lizenz GmbH nicht mehr.

Wollte man womöglich die Firma ERAL PLASTIK GmbH auch in den Konkurs treiben? Was ist los? Wer steckt hinter dieser Sache? Sind unsere geschäftlichen Chancen schon vorbei, wir merken es nur nicht? Läutet für die Firma schon das Totenglöcklein in Würzburg?

Meine Anna sagte nach meinem Vortrag zu mir: "Der liebe Gott wird es schon richten". Am Ende des Rundweges angelangt standen wir vor der Michaeliskirche. Hier hatten wir vor vielen Jahren unseren jüngsten Sohn getauft. Wie schnell die Jahre vergehen. Wir gingen in die Kirche hinein. Obwohl wir keine Münzen dabei hatten, zündete Anna gleich zwei Teelichter zum Gebet an. Unsere Gebete konnten den kommenden Schrecken nicht abwenden.

Im Juli 1995 wurde beim Amtsgericht Würzburg das Konkursverfahren gegen die Firma ERAL PLASTIK GmbH eröffnet. Ein Lieferant von Formteilen, die Ware befand sich wieder in seinem Besitz und Eigentum, hatte den Antrag nach Verhandlungen mit Herrn Reiner gestellt. Der Lieferant wollte die Vertragserfüllung. Der Beschluss ging an den Geschäftsführer Fritz Deutsch. Warum an mich? Warum nicht an den tatsächlichen Geschäftsführer Reiner? Laut Eintragung im Handelsregister war und ist doch Herr Reiner der Geschäftsführer.

Nach nur fünf Monaten war das Schiff - Firma ERAL PLASTK GmbH - im Meer der Volkswirtschaft der Bundesrepublik Deutschland versunken. Versenkt von den Juristen. Versenkt in Würzburg am Main. Schicksale, Werte, Arbeitsplätze, Hoffnungen, Zukunft ... einfach so versenkt. Meine Familie stand unter Schock. Die große Hoffnung für einen neuen Aufbau mit Herrn Reiner, mit den bestehenden und neuen Aufträgen, wurde im Winter 1995 vernichtet.

Herr Reiner verzog sich nach diesem Debakel in Würzburg nach England, zu seinem anderen Partner. Eingehende Faxe sprachen von neuen Zielen, Projekte in USA, Irland, Indonesien, Spanien und Marokko und gewaltigen Finanzierungsmöglichkeiten zur Lösung dieser Aufgaben.

Meine Anna besuchte unseren Rechtsanwalt Atta in Würzburg und bat um rechtliche Hilfe gegen Herrn Reiner aus London und New York. Über diese Besprechung hat sie mich nie richtig informiert. Stand ich in ihren Augen schon auf der anderen Seite?

Zu dieser Zeit ging es mit der Bundesrepublik Deutschland weiterhin wirtschaftlich und gesellschaftlich bergab. Der derzeitige Zustand der Bundesrepublik Deutschland hatte sich weiter verschlechtert. Eine bittere Bilanz:

ca. 3,9 Millionen gemeldete Arbeitslose;

ca. 0,5 Millionen nicht gemeldete Arbeitslose;

ca. 24.000 Firmenkonkurse pro Jahr;

ca. 80.000 Personen verlassen pro Jahr die Bundesrepublik Deutschland, zumeist die Elite; das Sozialsystem der Krankenkassen und der Renten hat gewaltige Finanzprobleme. Der Bundeskanzler Dr. Kraut wird in den Medien immer mehr angefeindet. Die Sozialisten bereiteten sich auf die Machtübernahme anlässlich der nächsten Bundestagswahl vor. Die deutschen Gerichte haben in diesem Jahr ca. 30% mehr Streitigkeiten und Prozesse zu bearbeiten.

Mich interessierten diese Nachrichten nicht mehr. Dieses Land Deutschland war innerhalb kurzer Zeit zur Bananenrepublik geworden. Und ich wurde als Banane weggeworfen. Als Müll der Gesellschaft.

Ich, Bürger Fritz Deutsch, hatte wieder eine Aufgabe gefunden. Ich würde für meine Gegner zur Bananenschale werden! Aktivitäten zur richtigen Zeit und am richtigen Ort, und schon kann sich der gewünschte Erfolg einstellen. Ist erst das gefundene Objekt ins Rutschen und in die Schräglage gekommen, dann erfolgt auch zumeist automatisch der Fall. Meine Anna, welche kaum noch Vertrauen in meine Tatkraft und damit in die Erfolgsmöglichkeit setzte - verständlich, wenn man über vier Jahre nur negative Bilanzen vorlegen kann - lachte beim Frühstück nicht einmal mehr über meine Projektvorstellung "Bananenschale". Mit feuchten Augen rannte sie ins Schlafzimmer. War sie mit einem Dummkopf verheiratet, einem Spinner? Mein Spiegelbild im Bad sagte zu mir: Ein Dummkopf bist du nicht, ein Spinner bist du oft. Ich werde meinem Spiegelbild nie mehr diese Frage stellen.

Die reine Bürotätigkeit wurde von mir nach und nach immer mehr vernachlässigt. Warum auch. Ich wollte aber mein und der Familie in die Firmen investiertes Geld wieder sehen. Die Millionen von Investitionen.

Wie so oft beschäftigte ich mich mit Planspielen: Lagebestimmung, Ziele, Strategie und Taktik. Lagebestimmung und Ziele waren bekannt. Doch mit welcher Strategie und Taktik käme ich nun weiter dem Ziel entgegen. Bisher gingen die Punkte zur Gegenseite, zur Macht.

Da hatte ich wieder so eine Idee: Bisher arbeitete ich immer getrennt von Behörden oder den Behörden ähnlichen Einrichtungen. Immer reagierte ich nur auf die Behördenarbeit, nie versuchte ich schon im Ansatz auf die Behördenarbeit einzuwirken oder gar durch eigene Aktivitäten Behördenarbeit in Bewegung zu setzen. Auch gab es bei mir nie den Begriff: Lobbyarbeit. Ich müsste mich bewegen, nicht die Behörden. Ich kann mich bewegen, die Behörden oftmals nicht. Bewegung war die angesagte Strategie. Jetzt benötigte ich nur noch die Taktik, die richtige Überlegung.

Fakt eins: Das Vermögen lag in den Werten und Händen der einzelnen Firmen. Fakt zwei: Die beiden Werte / Firmen gingen in Konkurs - ohne Masse. Fakt drei: Die Firma ERAL Lizenz GmbH übergab der ERAL

PLASTIK GmbH die Werte. Fakt vier: Die Firma ERAL PLASTIK GmbH i. L. (in Liquidation) war noch nicht aufgelöst. Fakt fünf: Klagen auf Herausgabe und Schadenersatz könnte nur der Verantwortliche von der ERAL PLASTIK GmbH. Fakt sechs: Ich, Fritz Deutsch, musste Verantwortlicher für die ERAL PLASTIK GmbH i.L. werden.

Meinen ersten Versuch der neuen Taktik wagte ich beim Notar: Ich hatte Glück. Ein junger Inspektor, Herr Groß, nahm sich Zeit und hörte sich meine Geschichte über die ERAL PLASTIK GmbH i.L. aufmerksam an.

Er schüttelte den Kopf darüber, dass eine Firma mit ca. DM 20 Millionen Auftragsvolumen in Konkurs - mangels Masse - gehen konnte. Auch wunderte er sich über die fehlende Anzeige von ehemals betrieblichen Einrichtungen.

Er war noch jung. Die gesamte ERAL-Geschichte habe ich aus Zeitgründen nicht erzählt. Dies kann man nur in einem Buch festhalten. Auch wollte ich seinen Glauben an das Recht nicht nehmen.

Da hatte Herr Groß eine Idee: Er kenne aus den Büchern die Funktion eines Nachtragsliquidators, jedoch nicht die Praxis daraus. Im Regelfalle würden sich die Unternehmer und Geschäftsführer schnell und weit von der Konkurssituation entfernen. Weg vom Tatort. Aber, für meine geplanten Aktivitäten als Vollmachtinhaber wäre diese Funktion bestens geeignet, meinte er. Als Problem könnte sich nur die Meinung eines Richters und die zwischenzeitlich vergangene Zeit erweisen. Selbstverständlich würde er mir die notwendige Urkunde verfassen und vom Notar beurkunden lassen.

Ich war zufrieden und hatte wieder ein gutes Gefühl. Dem Herrn Groß wünschte ich beruflich, in Gedanken, viel Erfolg.

Anmerkung: Später wurde Herr Groß von einer Winzergemeinde zum Bürgermeister gewählt. Dies neben seiner notariellen Tätigkeit. Dieser Gemeinde kann man zu diesem Bürgermeister nur gratulieren. Er hat Ideen.

Am nächsten Tag besuchte ich das Registergericht in Würzburg. Eine nette, junge Dame suchte mir die Akte ERAL PLASTIK GmbH i.L. heraus. Ich war überrascht, hier wurde ich sogar freundlich bedient. Sicherlich war die Dame neu im Amt. Ja, die Löschung durch den zuständigen Richter sollte schon vor längerer Zeit durchgeführt werden, leider fand dieser Amtsakt noch nicht statt. Ich hätte die nette, junge Dame umarmen können. Noch nicht gelöscht! - Es klang wie ein Zauberwort.

Ich fragte nach einem Eintrag als Nachtragsliquidator an. Sie: "So etwas hat es in Würzburg zu meiner Zeit noch nicht gegeben. Aber warten Sie, der Herr Richter ist im Moment da, nur drei Zimmer weiter, ich melde Sie an. - Der Herr Richter ist mit einem Gespräch einverstanden, wir beide sollen kommen und die Akte der Firma ERAL PLASTIK GmbH mitbringen."

Unglaublich, meine neue Strategie Bewegung funktionierte.

Der Richter kannte selbstverständlich die Funktion eines Nachtragsliquidators, jedoch auch nicht diese Tätigkeit in der Praxis. Ich erklärte ihm
den Grund meines Wunsches ein Nachtragsliquidator zu werden: Mein ehemaliger Geschäftsführer Reiner habe beim Konkursgericht eine Vermögensliste abgegeben, in der Maschinen, Anlagenteile und Betriebseinrichtung im
Eigentum der Firma stehend nicht aufgeführt waren.

Diese Eigentumsrechte im geschätzten Wert von ca. DM 500.000.- wollte ich
hereinholen und den Gläubigern zur Verfügung stellen. Der Richter war
einverstanden und verlangte eine beglaubigte Niederschrift beim Notar.

Wieder besuchte in Notarinspektor, Herrn Groß, in Kitzingen. Sofort und
ohne eine Wartezeit setzte er sich an seinen PC und fertigte seinen ersten
Antrag für einen Nachtragsliquidator an. Wir hatten beide ein gutes Gefühl.
Im März 1997 wurde der Eintrag in das Handelsregister vorgenommen. Mein
Ziel war erreicht. Ich, Bürger Fritz Deutsch, konnte nunmehr mit amtlicher
Hilfe die zukünftigen Forderungen gegenüber betreffenden Dritten stellen.

Nach vielen negativen Jahren bekam ich Hilfe von Seiten der Behörden.
Sicherlich hatten meine Feinde in Würzburg an die Funktion eines
Nachtragsliquidators nicht gedacht oder meinen Willen und die Möglich-
keiten unterschätzt.

15. Das Warten in Chemnitz
Oder die Staatsanwaltschaft schweigt   (1997-1998)

Ich lag schon am Vormittag auf der Sitzgruppe im Wohnzimmer, in mir gab
es keinen Saft, keine Kraft. Ich war einfach lustlos, null Bock auf Arbeit. Da
stand meine Anna mit einem großen, braunen Kuvert vor mir. Ich solle endlich aufstehen. Es müsse etwas getan werden. Es müsse etwas geschehen.
Dies war die andere Art meiner Frau Anna. Hat doch jede Ehefrau ihre zwei
Seiten. Sie ging einfach nicht weg und wedelte weiter mit dem braunen
Kuvert. Ich hatte dagegen keine Chance und stand vom Sofa auf.
Der Absender war mein ehemaliger Mitarbeiter aus Zwickau, Herr Eulen-
mann, mein ehemaliger Entwicklungsingenieur. Aus dem Kuvert konnte ich
nur Zeitungsartikel aus Zwickau herausnehmen, ansonsten keine Zeilen,
kein Brief. Große Überschriften, viele Bilder. Es handelte sich um Zeitungs-
artikel über die Zwickmasch GmbH: Immobiliengeier über Zwickau -
Kündigungen bei Maschinenfabrik - Nach Konkurs: Maschinenfabrik sucht
Auswege.
In Zwickau war demnach etwas los. Die ca. 250 Mitarbeiter, die örtliche
Gewerkschaft und die Presse befanden sich schon über eine Woche lang
täglich auf der Straße. Proteste über Proteste. Die Stadtverwaltung erklärte
sich für die Auswirkungen aus dem Konkursantrag der Zwickmasch GmbH
für nicht zuständig. Das gewaltige, alte Areal der Firma Zwickmasch
GmbH, der Stammsitz, war zwischenzeitlich geräumt und alle mehrstöcki-
gen Gebäude beseitigt worden. Der Zeitungsartikel teilte den Lesern mit,
hier solle eine große Parkresidenz entstehen. Wohnungen, Geschäfte,
Parkanlage, Parkhaus usw. Später, und zwar mit Krediten der Sächsischen
Aufbaubank! Man schrieb vom Ausverkauf Ost, von vorsätzlicher Firmen-
beseitigung. Für das neuere Produktionsgelände in Zwickau im Industriegebiet würden zurzeit gewerbliche Mieter gesucht. Vorzugsweise Baumärkte
für den Aufbau Ost. Dies in 1994. War doch die Firma Zwickmasch GmbH
erst in 1992 privatisiert worden. Nach zwei Jahren schon das Ende?
Mein Kopf arbeitete auf vollen Touren: Die betrieblichen Einrichtungen,
alles Firmenwerte, die komplette Kunststoffrecyclinganlage MOBICON
lagerten dort. Ich wurde als Gesellschafter und Geschäftsführer nicht vom
Konkursgericht in Chemnitz über ein Konkursverfahren informiert. Warum?
Später, in 1997, sagte der Konkursverwalter mir gegenüber aus, dass der
Geschäftsführer, Herr Mackel, keinerlei Angaben über das Fremdeigentum
der ERAL gesagt oder niedergeschrieben habe. Bei einer Ortsbesichtigung in
1995 habe er auch keine Fremdgegenstände und Standard-Großcontainer vor-

gefunden. Somit zeigte die Vermögensliste kein ERAL Eigentum an. Forderungen einer Firma ERAL gegenüber der Firma Zwickmasch GmbH waren dem Konkursgericht nicht bekannt. Jetzt wurde ich in meinen Handlungen wieder schneller, geradezu hyperaktiv.

Mein Rechtsanwalt Atta zog eine Eil-Creditreform-Auskunft über die Firma Zwickmasch GmbH ein. Das ergab folgende Fakten: Ab 1.1.1994 ist die Zwickmasch GmbH nur noch juristisch existent. Laut Handelsregister vom 2.3.1993 wurde die Firma umbenannt in Zwickmasch Verwaltungs GmbH. Laut Handelsregister vom Juni 1993 wurde die neue Firma verschmolzen mit der CAMAC Verwaltungs GmbH. Am 1.1.1994 erfolgte die Trennung der CAMAC Verwaltungs GmbH und der COMAC Holding Pumpen und Verdichter GmbH & Co. KG in Oschersleben. Die Zwickmasch GmbH wurde somit ein Geschäftsbereich der Holding. Am 22.8.1994 erfolgte der Antrag auf Eröffnung des Gesamtvollstreckungsverfahrens für die Produktionsfirmen in der Holding.

Ich verstand von der Creditreform-Auskunft nichts. Nur noch sprichwörtlich: Bahnhof. Dann kam mir die Erleuchtung: Die CAMAC GmbH, Partner der Treubankanstalt, hat die Trennung von Grund und Boden und Immobilien einerseits und den Produktionsfirmen andererseits vorgenommen. Und - die Produktionsfirmen befinden sich im Konkursverfahren. Die CAMAC GmbH und eventuell die Treubankanstalt haben den Grund und die Immobilien, das Arbeitsamt, der Staat, hat die Schulden und die Arbeitslosen. Offene Forderungen liegen nun bei den Lieferanten.

In mir kamen wieder die Erinnerungen aus 1991 hoch. Meine negativen Erfahrungen mit der Firma KARO Handels GmbH in Chemnitz, einer Firmenzerschlagung durch die Treubankanstalt. Da gab es doch den Treubankanstalt-Mitarbeiter Dr. Weniger? Was ist wohl aus ihm geworden?

Doch nun galt meine Sorge dem ERAL Vermögen in Zwickau. In 1993 wurde mir als Geschäftsführer die Herausgabe verweigert. Jetzt musste ich in letzter Sekunde handeln. Denn jetzt hatte ich die nötige Kenntnis. Per Fax fragte ich bei der von der Zwickmasch GmbH in 1993 beauftragten Rechtsanwaltskanzlei in München nach dem Eigentum der ERAL an. Umgehend bekam ich aus München die Antwort per Fax zurück: Dr. Dummer von der Firma CAMAC Projekt- und Dienstleistungs GmbH sei zuständig. Wieder eine neue Firma in der CAMAC-Szene! Per Fax fragte ich nun bei Herrn Dr. Dummer nach dem ERAL-Eigentum in Zwickau an. Umgehend bekam ich die Fax-Antwort aus Halle gesandt: Die CAMAC Projekt- und Dienstleistungs GmbH sei nicht Nachfolger der Zwickmasch GmbH. Von ihm wären keine ERAL Gegenstände in Zwickau übernommen worden.

Jetzt wurden mir die neuen Machenschaften klar. Dieser Dr. Dummer log mich einfach frech an! Warum aber diese Lüge?

Auf meine telefonische Anfrage am 15.11.1994 informierte mich Herr Mahler von einer Firma CAMAC Dienstleistungs GmbH darüber, dass das ERAL-Eigentum noch in der ehemaligen Technikumhalle stünde. Am 20.1.1995 bestätigte mir am Telefon Geschäftsführer Mackel von der Zwickmasch GmbH, dass das ERAL-Eigentum in der Halle stehe. Im Dezember 1993 wurde der Schlüssel an Dr. Dummer übergeben.

Warum diese Lüge von Dr. Dummer? Oder worin lag das eventuelle Geheimnis?

Ich erinnerte mich sehr genau an Dr. Dummer aus 1992. Dieser hatte als Vorstand der CAMAC AG den Kooperationsvertrag und den Pachtvertrag zwischen der Zwickmasch GmbH und der ERAL GmbH genehmigt und unterschrieben. Somit auch in Vollmacht für die Treubankanstalt. Er hatte in 1992 für die CAMAC GmbH den Betrag von über 1 Million DM von mir verlangt, ohne jede Grundlage. Weiterhin wollte er bei Nichtzahlung die Treubankanstalt informieren. Worin bestand der Zusammenhang zwischen den vielen Firmen? Welche Rolle spielte Dr. Dummer geschäftlich? Alle meine Fragen blieben ohne Antworten.

In dieser Situation rief ich am 5.9.1994 und 9.1.1995 die Treubankanstalt in Berlin an. Der zuständige Sachbearbeiter war bald gefunden. Rechtsanwalt Dr. Schmitz-Biberg erklärte mir am Telefon, die CAMAC GmbH stehe unter Betrugsverdacht. Die CAMAC GmbH schulde noch den Kaufpreisanteil von DM 7 Mio., es gäbe eine Rückentwicklung des Verkaufes der CAMAC AG. Somit war und ist weiterhin die Treubankanstalt Eigentümerin der Zwickmasch GmbH im Konkurs. Aber was sollten dann die schrecklichen Vorgänge in Zwickau. Warum die Trennung zwischen Vermögen und Arbeitsplätzen? Wieder viele Fragen ohne Antworten.

Meine Frau Anna beim Abendessen: In der Zeitung habe sie über aufgedeckte Betrügereien innerhalb der Treubankanstalt gelesen. Leitende Personen, zumeist aus Politik und Großindustrie angeworben, versuchten in der ehemaligen DDR die Firmen zu vernichten. Dies mit dem Ziel, an die Immobilien als Eigentümer heranzukommen und mögliche Wettbewerber für ihre Sponsoren und früheren Firmen und Arbeitgeber zu beseitigen. In einigen wenigen Fällen konnte man die Durchführung auch beweisen. Ängstlich fragte sie: "Wenn dies auf die Zwickmasch GmbH zutrifft, wo bleiben wir?" Wir hatten nichts begriffen... Ich wollte und musste unser ERAL-Vermögen in Zwickau retten.

Im Dezember 1996 rief ich wieder bei der Treubankanstalt in Berlin an. Der zuständige Mann, diesmal aus dem Vertragswesen, erklärte mir nach kurzer

Anhörung in der Angelegenheit Zwickmasch GmbH, dass sich diese Firma in der Holding CAMAC Pumpen und Verdichter GmbH befände und im jetzigen Konkursverfahren Dipl. Kaufmann Weite aus Magdeburg die Konkursverwaltung übernähme Dieser sei der Kontaktmann zur Treubankanstalt. Ich solle das ERAL Vermögen bei Herrn Weite suchen. Was hatte Magdeburg mit Zwickau zu tun? Was hatte der Konkursverwalter mit der Treubankanstalt in Berlin zu tun? Meine Verwirrung war perfekt. Ich schrieb ein Fax nach Magdeburg, an Herrn Weite. Die Antwort kam sogleich: Ihre Anfrage ist nicht präzisiert, als dass ich dezidiert dazu Stellung nehmen kann. Ich sandte sofort ein Fax zurück: Ich möchte das ERAL Eigentum sichern. Sollten innerhalb von zehn Tagen keine Angaben kommen, so werde ich Strafanzeige erstellen.

Leider kam vom Konkursverwalter aus Magdeburg keine Antwort. Sicherlich sah Her Weite mich als "Fliegengewicht" an. Oder gab es andere Gründe?

Im Januar 1997 stellte ich Strafanzeige gegen Konkursverwalter Weite bei der Staatsanwaltschaft Chemnitz. Da ich der Staatsanwaltschaft zu diesem Zeitpunkt schon nicht mehr vertraute, was später durch negative Handlungen bewiesen wurde, informierte ich die Polizei in Zwickau über meine Strafanzeige gegen Konkursverwalter Weite und über die Situation in Zwickau. Diese Polizeistelle arbeitete sehr gut. Mit einem Protokoll über die Strafanzeige wurde die zuständige Staatsanwaltschaft in Chemnitz informiert. Später fand ich in den Akten der Staatsanwaltschaft, dass der Polizei Untersuchungen untersagt wurden. Die Polizei in Zwickau bestätigte diese Anweisung und legte den Fall zu den Akten. Die Staatsanwaltschaft in Chemnitz verhinderte die Untersuchung von eventuellen Diebstählen in Höhe von ca. DM 1 Mio. Warum wurde der Konkursverwalter durch die Staatsanwaltschaft geschützt?

Da meine erste Strafanzeige in Chemnitz über zwei Jahre nach Eingangszeit noch nicht bearbeitet worden war, sogar meine eigenen Aktivitäten vor Ort in Zwickau, auch mit der Polizei, nicht gewürdigt wurden und ich auch auf Anfragen keine Antwort erhielt, verfasste ich eine Beschwerde. Meine Beschwerde sandte ich am 25.4.1997 zu Händen des Generalstaatsanwaltes nach Dresden. Sie richtete sich gegen die Nichtbearbeitung meiner Anzeige. Die Dienstaufsichtsbeschwerde wurde an die Staatsanwaltschaft Chemnitz weitergegeben. Der Kontrollierte wurde zum Kontrolleur. Hier verlangte man eine schriftliche Auflistung meiner Fragen. Meine Antwort schickte ich am 3.12.1997. Zu meiner Überraschung kam am 22.12.1997 ein Antwortschreiben aus Chemnitz: ..., dass einige der von Ihnen aufgeworfenen Fragen derzeit über den Konkursverwalter einer Klärung zugeführt werden. Weiterhin werden über die BvS Berlin Informationen erwartet. .., über einen von Ihnen beauftragten Rechtsanwalt Einsicht in die Ermittlungsakten zu nehmen. Welche Informationen von der BvS in Berlin? Was hat die BvS mit meinem Fall zu tun? Wer ist diese BvS eigentlich? Alles Fragen, auf welche ich im Moment keine Antworten wusste.

Die Idee mit der Akteneinsicht hätte ich selbst haben können. Nach dieser Kurzinformation war wieder Funkstille in Chemnitz.

Meine Anna wurde wütend. Ich solle endlich etwas in der Angelegenheit Staatsanwaltschaft Chemnitz unternehmen. In Chemnitz würde nicht untersucht und informiert. Und wir hätten noch immer nicht unser Eigentum aus Zwickau. Wo Anna Recht hatte, da hatte sie Recht.

Nach einem Gespräch am 30.7.1997 mit dem 5. Staatsanwalt in der (Nicht-) Bearbeitung und der Nennung einer neuen Bearbeitungsnummer, bat ich schriftlich um Hilfe. Ohne Ergebnis

Ca. 11 Monate nach der 1. Beschwerde, am 28.3.1998, erstellte ich die 2. Beschwerde. Ich beschwerte mich erneut beim Generalstaatsanwalt in Dresden über die Nichtbearbeitung meines Falles in Chemnitz. Ohne Erfolg

16. Der Staat meldet sich zurück
Oder die Staatsanwaltschaft greift an   (1997-1999)

Ich musste dringend mit einem Menschen über alle Probleme reden. Anna konnte es nicht mehr hören. Bei Rechtsanwalt Atta bekam ich einen Gesprächstermin. Sicherlich war ich zwischenzeitlich sein Sozialfall geworden. Ob er sich bei mir als Pastor fühlte? Beide Berufsgruppen - Rechtsanwalt und Pastor - tragen doch auch Talare im Amt. Gleich bei der Begrüßung sagte er zu mir: "Herr Deutsch, Sie sehen schlecht und müde aus. Gehen wir eine Kleinigkeit Essen. Sie brauchen eine Abwechslung." Unser Weg führte uns durch den Park in ein kleines Restaurant genau dem Haupteingang des Gerichtsgebäudes gegenüber. Somit ist es ein Treffpunkt für Richter, Rechtsanwälte, Kläger, Beschuldigte, von Schuldigen und Unschuldigen. Ich fühlte mich heute als Unschuldiger und als Gast.
Bei Spaghetti mit Meeresfrüchten und einem Glas Chianti erzählte ich von meinen Aktivitäten der letzten Zeit. So berichtete ich über meine Strafanzeige gegen den Würzburger Rechtsanwalt Schreck bei der Staatsanwaltschaft Würzburg, über meine neue Funktion als Nachtragsliquidator der ERAL PLASTIK GmbH i.L. und über meine Beschwerde beim Generalstaatsanwalt in Dresden.
"Das waren viele Züge auf dem Schachbrett", sprach er und steckte sich eine Zigarette an. Er rauchte wieder, ein schlechtes Zeichen. "Sie haben einen Kollegen strafrechtlich angezeigt, eine Funktion für mögliche Klagen erreicht und auch noch die Staatsanwaltschaft in Chemnitz mit einer Beschwerde überzogen." Er steckte sich nervös eine neue Zigarette an. "Wenn wir das Gesetz der Serie aus der Vergangenheit heranziehen, dann kommt jetzt ein neuer Angriff aus dem gegenüberliegenden Gerichtsgebäude auf Sie zu." Wieder steckte er sich eine neue Zigarette an. In dieser Situation konnte er mich nicht juristisch beraten. Egal, ich wollte nur reden. "Was könnte mir schon Schlimmeres an Attacken passieren? Ich bin ja schon ruiniert." Mit diesen Worten beendeten wir unser Gesprächsessen. Nachdenklich trennten wir uns auf dem Parkplatz.
Es kam schlimmer, viel schlimmer als von mir angenommen. Genau zu meinem Geburtstag im September bekam ich amtliche Post: Der Strafbefehl vom Amtsgericht Kitzingen war am 10.9.1997 von Richter Kopf unterschrieben worden. Der Strafbefehl richtete sich gegen mich als ehemaligen Geschäftsführer der ERAL PLASTIK GmbH im Jahr 1993, aus Aktivitäten im ersten Geschäftsjahr der Firma. Die Beschuldigung lautete Zahlungsunfähigkeit, unterlassene Konkursantragstellung und vorsätzlicher Bankrott. Für mich als

Inhaber und Geschäftsführer war dies ein einziges Lügengebäude. Die Ersteller des Strafbefehls waren der bekannte Staatsanwalt Pech aus Würzburg und der in Würzburg bei Unternehmern bekannte "Steuerfachmann Leppich" bei der Staatsanwaltschaft. Die Strafe: 110 Tagessätze zu DM 80.- = DM 8.800. Also: vorbestraft und Berufsverbot als Geschäftsführer. Rechtsanwalt Atta hatte also beim letzten Gespräch die richtige Ahnung. Oder er kannte die Arbeit und die Mittel der Justiz in Würzburg. Mit diesem Strafbefehl konnte ich keine Firma mehr aufbauen und führen. Weiterhin war ich als Vorbestrafter bei eventuellen Klagen meinerseits bei Gericht zukünftig nicht glaubwürdig. Und die Zahlung von DM 8.800.- konnte ich nicht leisten. Somit musste ich mit einer Haftstrafe rechnen.

Umgehend legte ich am 17.9.1997 Einspruch gegen den Strafbefehl ein, denn der Strafbefehl basierte auf falschen Behauptungen und nicht auf beweisbaren Tatsachen. Die ERAL PLASTIK GmbH war in 1993 gut finanziert, hatte viele Aufträge und alle Unterlagen waren von Rechtsanwalt Schreck und Steuerberater Bitterich erstellt worden. So auch die Rechnungen für ihre Leistungen gegenüber der neuen Firma. Ich bat um Prüfung und um die Rücknahme des Strafbefehls. Eine Gerichtsverhandlung sollte diese Anschuldigung klären.

Am 21.11.1997 wurde mir vom Amtsgericht Kitzingen ein Protokoll zugesandt; ich habe am 3.11.1997 an der Hauptverhandlung nicht teilgenommen, obwohl mir am 20.9.1997 hierzu die Ladung zugegangen sei. Ich, Fritz Deutsch, war hiermit verurteilt. Ungeheuerlich, denn ich hatte keine Ladung erhalten. Auch hatte ich im Einspruch die falschen Behauptungen schriftlich widerlegt.

Wo war ich am 3.11.1997? Laut Tageskalender ich war vormittags bei der Polizei in Würzburg und machte eine Aussage wegen einer Strafanzeige, die ich selbst aufgegeben hatte. Die Kriminaloberkommissarin, Frau Hausmann, führte meine Vernehmung durch. Was ich nicht wusste, an diesem Tag war sie als Zeugin (aus der ehemaligen Hausdurchsuchung) nachmittags in Kitzingen geladen. Zu meiner Verhandlung. Doch - erst heute - verstehe ich die Erklärung, die Frau Hausmann mir gegenüber an diesem Tag abgab: "Herr Deutsch, ich habe die Untersuchung bei Ihrem Steuerberater Bitterich in Miltenberg nach bestem Wissen und Gewissen durchgeführt. Was die Staatsanwaltschaft aus den Ergebnissen macht, hat mit meiner Arbeit nichts zu tun. Ich habe auf die Tätigkeit der hiesigen Staatsanwaltschaft keinen Einfluss. Damit Sie dies wissen."

Bei meiner Akteneinsicht in 2002 war eindeutig zu lesen, dass bei der Hausdurchsuchung in 1994 keine Akten über die damalige ERAL PLASTIK GmbH mitgenommen wurden. Bei der Durchsuchung in 1996 bei Steuerberater Bitterich wurden keine Unterlagen der ERAL PLASTIK GmbH aufgefunden und beschlagnahmt. So die in der zuständigen Akte liegenden Berichte von Frau Hausmann. Sie hat somit geahnt, dass Staatsanwalt Pech vorsätzlich und ohne Unterlagen, ferner ohne Rücksprache mit mir, den Strafbefehl mit falschem Inhalt erstellte. Sie wollte richtigerweise mit diesen Vorgängen nichts zu tun haben. Frau Hausmann und damit auch die Polizei in Würzburg hat noch heute meinen größten Respekt.

Ich hatte keine Chance auf Gerechtigkeit oder ein Gerichtsverfahren. Mein Kampf und meine Leidengeschichte wurden lang und ergebnislos. Am 21.11 1997 stellte mein Rechtsanwalt den Antrag auf Wiedereinsetzung - Einspruch - Berufung. Dieser Antrag wurde am 4.5.1998 verworfen. Richter Kulas sagte: "Herr Deutsch, ich glaube Ihrer Darstellung, dass Sie die Ladung nicht bekommen haben, ich muss Sie jedoch nach dem Gesetz verurteilen. Legen Sie Berufung ein." Ferner: "Leider hat der Staatsanwalt seinen Antrag nicht zurückgenommen." (Der Richter hatte ihn dreimal gefragt.) Staatsanwalt Pech sagte nach der Gerichtsverhandlung zu mir im Verhandlungszimmer: "Keine Gerichtsverfahren. Ich will den Fall vom Tisch haben. Sie können ja die Strafe in Raten abbezahlen." Anna, die dabei war, war entsetzt über diesen Mann. Wer hat Herrn Pech korrumpiert oder zur Rechtsbeugung aufgefordert, fragte Anna hilflos und wütend. Am 3.7.1998 stellte mein Rechtsanwalt den Revisionsantrag. Am 8.12.1998 wurde beim Obersten Landgericht München die Revision verworfen. Die Urteilsbegründung hatte falsche Behauptungen des Briefzuganges unterstellt. Wer hatte wohl diese Behauptungen geliefert?

Später startete ich nacheinander drei Anträge auf Wiederaufnahme. Diese drei Anträge wurden wieder abgelehnt. Begründung: Meine Argumente seien bekannt. Mein Einspruch vom 17.9.1997 könne nicht herangezogen werden. Neuheiten für das Verfahren lägen nicht vor. Ich verfluchte die Justiz in Würzburg, die mir das im Grundgesetz garantierte Recht auf gerichtliches Gehör verweigerte. Am 31.1.1999 erhielt ich die Strafverfahren-Rechnung über DM 10.556,30. Meine Familie zahlt nunmehr in Zahlungen von EUR 100.- und EUR 50.- pro Monat meine erhaltene Strafe ab. Bis heute. Ich, Bürger Fritz Deutsch, bin nun vorbestraft und habe Berufsverbot.

Mit meiner Frau fuhr ich auf den Schwanberg und betete zu Gott. Ich habe ihr außerhalb der Michaeliskirche versprochen, die Schuldigen zu finden und zu versuchen diesen und den Helfern in Würzburg das Handwerk zu legen. Ich glaube, dass es Gerechtigkeit gibt. Die Zeit wird die Lösung bringen. Aber Anna war verzweifelt. Verzweifelt über den Staat mit seiner Ungerechtigkeit. Verzweifelt darüber, dass es kein Ende in unserer wirtschaftlichen Situation gab. Doch aufgeben wollte auch sie nicht.

Anlässlich des 85. Geburtstages meiner Mutter berichtete ich ihr meine Situation und die Erlebnisse in Unterfranken. Sie machte sich sehr große Sorgen um uns und sagte: "Wir haben in Deutschland die gleiche Situation wie 1933. Deutschland wird sich durch die derzeitige Politik und Korruption zerstören."

Im Familienkreise haben Anna und ich für einige Stunden die Bundesrepublik Deutschland schlicht vergessen. Doch schon auf der Heimfahrt, im Auto, erwachte in mir ein neuer, großer Kampfgeist: David gegen Goliath. Ich wollte und musste die richtige Steinschleuder für den Sieg finden. Anna bewunderte meinen Mut als Stehaufmännchen. Als kleiner David gegen die Justiz. Oder gab es einen anderen Gegner?

17. Die Arbeit in Chemnitz
Oder die Bremser bei der Staatsanwaltschaft   (1998-2000)

Es kam keine Hilfe und auch keine Antwort auf meine Beschwerden beim Generalstaatsanwalt aus Dresden. Am 17.6.1998 sandte ich eine Kopie meiner Beschwerde vom 28.3.1998 nach Dresden, verbunden mit einer neuen, der 3. Beschwerde. Zwischenzeitlich hatte ich Akteneinsicht genommen.
Die Akteneinsicht war ein Wahnsinn. Was ich da las, war die Wiedervereinigungskriminalität in Perfektion, jedoch ohne eine sinnvolle Reaktion durch die Staatsanwaltschaft in Chemnitz.
Bei der Akteneinsicht konnte ich das für mich Unglaubliche lesen: Der Staatsanwaltschaft Chemnitz lag eine Strafanzeige von Steuerberater Dr. Weniger, dem mir bekannten Mitarbeiter der Treubankanstalt, vor. Geschrieben ca. zwei Monate vor meiner eigenen Strafanzeige im Januar 1995. Dr. Weniger klagte die Inhaber der CAMAC GmbH, die Herren Körner und Noppel wegen der Nichtzahlung seines Beratungshonorars und der Erstellungskosten von Bilanzunterlagen in Höhe von DM 1,3 Millionen an. Und er packte auch bei der Vernehmung in Chemnitz gegenüber der Staatsanwaltschaft aus. Seine Auftraggeber hätten die Treubankanstalt mit kriminellen Mitteln betrogen. Die beiden Herren hätten für DM 17 Millionen den Konzern CAMAC AG mit einem Immobilienwert von ca. DM 100 Millionen gekauft. Die Treubankanstalt hätte vorab für den Betrag von DM 65 Millionen den Konzern entschuldet. Neben der Kaupreiszahlung von DM 17 Millionen wurde eine Arbeitsplatzgarantie für 860 Arbeitsplätze und eine Investitionsgarantie für DM 20 Millionen abgegeben. Der Kaufvertrag wurde im Mai 1992 geschlossen, jedoch waren alle Firmen des Konzerns im Oktober 1992, nach 6 Monaten, schon in der Pleite bzw. konkursreif. Die Käufer hätten die Kassen der Firmen mittels der Einrichtung eines Cashpools, der Einrichtung einer Geldsammelstelle, geplündert und daraus den Anzahlungsbetrag für die Treubankanstalt in Höhe von DM 9.125.000.- bezahlt, also ein Kauf ohne Eigenmittel.
Alle Firmen hatten damals kein Finanzierungskapital mehr. Die Zwickmasch GmbH war somit bereits im Oktober 1992 pleite und stellte aus diesen Gründen die Fertigung für die ERAL GmbH ein. Jetzt hatte ich es amtlich: Ich war betrogen worden!
Danach waren die Tochterfirmen umgebaut und in die Konkurse geschickt worden. Die neu gegründeten Vermögens- und Verwaltungsfirmen verkauften die Immobilien. Weiter: Eine Kaution in Höhe von DM 7 Millionen der Käufer für die Treubankanstalt war von der bekannten Hypis AG München

ausgestellt worden, jedoch habe die Treubankanstalt die Kaution-Garantie nicht abgerufen und eingelöst. Welcher echte Geschäftsmann löst eine Kaution-Garantie in Höhe von DM 7 Millionen nicht ein?

Weiterhin war der Akteneinsicht zu entnehmen, dass im Mai 1998 die Akteure Körner und Noppel eine Akteneinsicht durchführten und somit von meiner Strafanzeige vom 25.1.1995 Kenntnis bekamen. Eine weitere Untersuchung wurde von der Staatsanwaltschaft nicht durchgeführt. Das Untersuchungsverfahren ruhte.

Jetzt hatte ich es schriftlich: Die CAMAC GmbH bzw. ihre neuen Inhaber aus der Privatisierung hatten mich betrogen. Und wieder hatte der Treubank-Steuerberater Dr. Weniger mitgemischt. War die Treubankanstalt unschuldig? Solch eine Großbetrügerei konnten doch Privatleute nicht alleine durchziehen. Alle Geldtransfers, auch die nicht eingezogene Bürgschaft, waren doch beiden Parteien in der Angelegenheit CAMAC AG bekannt. Wenn laut Aussage von Dr. Weniger die Treubankanstalt betrogen worden war, warum wurde dieser Dr. Weniger nicht als Mittäter oder Mitwisser weiterhin untersucht. Sogar die Bilanzakten bei Dr. Weniger wurden nicht beschlagnahmt. Meine neuen Erkenntnisse aus der Akteneinsicht teilte ich dem Generalstaatsanwalt mit meinem Schreiben vom 17.6.1998 mit. Darauf gab es keine Reaktion.

Ich hatte Dr. Weniger wiedergefunden, er agierte wieder. Neben seiner Tätigkeit für die Treubankanstalt arbeitete er für die Käufer der CAMAC GmbH als Steuerberater. Dies für bescheidene DM 1,3 Millionen. Zufall oder Methode? Arbeiten in 1994 für das Jahr 1992, mein wichtiges Jahr in Zwickau. DM 1,3 Millionen für die Bilanzerstellung. So viel Geld für eine korrekte Arbeit nach den Gesetzen der Bundesrepublik Deutschland? Doch warum gab es jetzt die Firma CAMAC GmbH?

Nur weil die Käufer diesen hohen Betrag an Dr. Weniger nicht zahlten, stellte er Strafanzeige gegen die Verantwortlichen der CAMAC GmbH bei der Staatsanwaltschaft. Warum zahlten die Käufer nicht die vereinbarte Summe? Die mögliche Lösung: Sie kannten seine Arbeit für die Treubankanstalt und die eventuelle kriminelle Arbeit an den Bilanzunterlagen. Folglich war Dr. Weniger erpressbar. Warum war Dr. Weniger erpressbar? In den Akten steht ausführlich, die Firmenbilanzunterlagen wurden nicht beschlagnahmt. Weiter war zu erfahren: Die Eigentümer hätten über ein Steuerbüro in Frankfurt, nach erfolgter Zahlung an Steuerberater Dr. Weniger, alle Bilanzakten in Chemnitz abgeholt.

Ich stellte mir wieder die Frage, warum die Staatsanwaltschaft diese Akten, diese Beweismittel, nicht beschlagnahmt hat? Wer schützt Steuerberater Dr. Weniger in Chemnitz? Mit der Staatsanwaltschaft Chemnitz hatte ich danach bis zum 21.1.1999 telefonisch Kontakt. Auf Wunsch bestätigte ich dem Oberstaatsanwalt Grimm die Rücknahme der Dienstaufsichtsbeschwerde. Dies gegen die erneute Zusicherung, dass nunmehr unverzüglich die staatsanwaltschaftlichen Ermittlungen gegen die betroffenen Personen gestartet würden. Wieder wurde ich von einer Staatsanwaltschaft hereingelegt, so meine spätere Erkenntnis. Es wurde nicht ermittelt! Man suchte nur die MOBICON Anlage.

Die Bundesrepublik Deutschland ist eine Bananenrepublik. Man kann sogar einem Oberstaatsanwalt nicht mehr glauben. Wer korrumpierte hier?

Bei einer zweiten Akteneinsicht fand ich mein Schreiben wieder. Seite 310 / 411 / 427... das Blatt wurde mehrmals eingesetzt. Viele Notizen und Bemerkungen von Führungskräften zierten das Papier. Letztlich wurde wieder das Aktenzeichen gewechselt. Die Umnotierungen des Blattes, der gesamten Akten, ergeben im Nachhinein einen Sinn. Doch erst im Jahr 2000. In den gesamten Akten, in die ich Einsicht nehmen konnte, gab es nur ca. fünf Treubankanstalt / BvS - Schreiben.

BvS-Brief vom 19.2.1996 an die Staatsanwaltschaft Magdeburg: Hierin wird der Sachverhalt bezüglich der CAMAC Unternehmensgruppe geschildert. Es wurde um Auskunft gebeten. Keine Strafanzeige!

"Ich bitte um Prüfung, ob der geschilderte Sachverhalt bereits Gegenstand des dortigen Ermittlungsverfahrens ist und ggfs. um die Erweiterung des Ermittlungsverfahrens. Es handelte sich um ein Ermittlungsverfahren gegen einen evtl. betrügerischen Geschäftsführer der Holding." Also nicht direkt um die CAMAC AG. Welch ein Verwirrspiel in der Angelegenheit CAMAC AG. BvS-Brief vom 28.1.1998 an die Staatsanwaltschaft Chemnitz: Ich bitte unter Hinweis auf Nr. 185 RiStBV um Mitteilung des Verfahrensstandes und insbesondere um Mitteilung, ob der in dem Schreiben vom 19.2.1996 geschilderte Sachverhalt Eingang in die Ermittlungen gefunden hat. Hinweis: Aus Blatt 357 wurde Blatt 367.

Warum stellte die Treubankanstalt und die spätere Nachfolgegesellschaft BvS (Bundesanstalt für Sonderbares) nie eine Strafanzeige? Warum gibt es keine weiteren BvS-Briefe in den Unterlagen? Warum war der Kaufvertrag über die CAMAC AG, das wichtigste Papier, nicht in den Unterlagen der Staatsanwaltakten?

Immer nach meinen Informationen an die Staatsanwaltschaft Chemnitz erfolgte eine Anfrage nach Informationen durch die BvS. Man bezog sich auf die Nr. 185 RiStBV! Schreiben über den Inhalt der Auskünfte gibt es in den Akten nicht. Die von mir angesprochenen Staatsanwälte in Chemnitz schwiegen beharrlich.

Ich, Bürger Fritz Deutsch, machte eine Aufstellung über meine bisher aufgefundenen Gegner:

von 1994 bis 1995 Mitarbeiter, Lieferanten, Kunden

von 1995 bis 1997 Berater, Justiz in Würzburg

von 1997 bis 1998 Justiz in Chemnitz und Dresden

Alle drei Gruppen waren indirekt und direkt miteinander verknüpft. Ich hatte jedoch noch immer nicht die Ursache meines Niedergangs aufgefunden. Bisher zeigten sich nur die Wirkungen.

Wo lag das Geheimnis? Warum gibt es die geheimnisvollen Schreiben zwischen der BvS und den Staatsanwaltschaften in Sachsen und Sachsen-Anhalt in den Akten über die CAMAC GmbH?

Mit den bisher aufgefundenen Unterlagen lassen sich rechtliche Schadenersatzklagen nicht oder nur sehr schlecht durchsetzen. Sollte ich jetzt aufgeben? War das gesuchte Zielobjekt nicht weit sondern nah? Ich war hilflos. Anna war hilflos. Doch Hilfe kommt immer.

Eine Person aus der Staatsanwaltschaft in Chemnitz gab mir den wichtigen Tipp, ich solle mich nicht nur um die verschwundenen ERAL-Vermögen aus Zwickau zu kümmern, sondern auch bei anderen Staatsanwaltschaften die Hintergründe von CAMAC suchen. Auch solle ich immer auf die Aktivitäten in Würzburg achten. Also doch. Es gibt ein Geheimnis um die Treubankanstalt.

Der achte oder der neunte Kontakt-Staatsanwalt in Chemnitz, in meiner Zusammenarbeit und Bearbeitungssammlung, untersuchte in der Angelegenheit der verschwundenen ERAL-Vermögensteile. Alle Produktionsteile und Fertigprodukte der mobilen Kunststoffrecyclinganlage wurden an ihrem letzten Aufenthaltsort gefunden. Hierzu wurden auf meinen Wunsch einzelne Vernehmungen durchgeführt.

Wollte ich jedoch die jeweils erste Übergabeperson auf dem Gelände der ehemaligen Zwickmasch GmbH wissen, so wurden die Aktivitäten der Staatsanwaltschaft in Chemnitz eingestellt. Alle zweiten Übergabepersonen gaben die Vorgängerperson nicht an. Eine strafrechtliche Verfolgung der nun bekannten zweiten Personen und der folgenden Personen fand nie statt. Warum wurde die erste Person nicht genannt? Warum suchte die Staatsanwaltschaft und die Polizei nicht die erste Person? Warum erfolgte keine Anklage gegen die Materialverschieber? Hatte die Treubankanstalt mit ihren Mitarbeitern ihre Hände im Spiel?

Alles Fragen ohne Antworten aus Chemnitz. Da hatte ich wieder eine Idee: Ich wandte mich wieder schriftlich an die Polizeistelle in Zwickau und gab mögliche Beteiligte der Unterschlagung von ERAL-Vermögensteilen an. Die Tätigkeitsaufnahme der Polizei wurde mir am 15.9.00 bestätigt.

Die angesagten Vorladungen bzw. Vernehmungen wurden jedoch von der Staatsanwaltschaft Chemnitz nicht vorgenommen. Wieder war ich gegen die berühmte Wand gelaufen. Wieder war ich geschlagen worden. Anna wollte mich zur Aufgabe in meinem Kampf bewegen. Ihre Worte: "Der Stärkere gewinnt und nicht das Recht. Wann wirst du es endlich begreifen?"

18. Die notariellen Akten in Chemnitz
Oder die deutsche Bürokratie finde ich gut   (2000-2003)

Anna ließ mir keine Ruhe. Sie wolle in den Streik treten, wenn ich nicht meine Suche aufgäbe. Ich versprach ihr, zu überlegen. Lange zu überlegen. Meine Auszeit für die Überlegung betrug jedoch nur einen Tag. Denn ein Geschäftsmann aus Stuttgart wollte die ERAL Technik übernehmen und eine Produktion in den neuen Bundesländern aufbauen. Zu diesem Zweck rief er bei mir an und fragte, ob ich eine Übernahmefirma kennen würde. Woher sollte ich eine Fachfirma im Bereich der Kunststofftechnik in dieser Zeit kennen? Ich hatte doch auch meine eigenen Vorstellungen, die einer Firmengründung, nach dem Berufsverbot durch die Staatsanwaltschaft Würzburg aufgeben müssen.

Da hatte ich wieder einmal eine Idee. Mein Bauch und mein Kopf waren voll bei der Sache. Ich hatte ein gutes Gefühl.

Die Treubankanstalt, jetzt BvS genannt, hatte in den Jahren 1991 bis heute viele Firmen saniert und verkauft. In den Zeitungen ist täglich darüber zu lesen, gleich reihenweise gehen einige diese Firmen unter der neuen Führung in den Konkurs. Ohne Markt und ohne große Kapitalausstattung fehlt die Überlebensmöglichkeit. Da könnte doch auch eine Kunststoffmaschinen-Herstellerfirma darunter sein. Ich griff zum Telefon und rief die Zentrale der BvS in Berlin an.

Nach kurzer Zeit hatte ich den richtigen Sachbearbeiter an Telefon. Ja, es gibt eine Firma in Freital bei Dresden, diese privatisierte Firma befindet sich im Nach-Konkursverfahren. Die BvS als Immobilieninhaberin möchte verkaufen. Die restlichen Firmenwerte werden von einer Rechtsanwältin angeboten.

Ich war wieder im Geschäft, als Berater ohne Vertrag und Geld. Nach einer Ortsbesichtigung und Verhandlungen mit der beauftragten Verkäuferin des Gerichtes in Dresden, der Rechtsanwältin aus Köln, suchte mein Auftraggeber das notwendige Kapital einzubringen. Das Kapital von ca. DM 2 Millionen war von seiner Familie zugesagt worden.

Doch wie so oft im Leben, der Deal platzte. Die Familie sah das Projekt in Sachsen nicht mehr als interessant an. Man wollte keine Firma in Deutschland mehr: die hohen Steuern, die Bürokratie, das Risiko mit eventuellen Altlasten in den Böden. Man wollte jetzt nicht mehr. Außer Spesen nichts gewesen. Traurig saß ich an meinem Schreibtisch und überlegte. Da gibt es ein gutes Projekt in Freital, mit etwa DM 5 Millionen ließe sich aus den vorhandenen Werten und dem ERAL Material plus Wissen etwas machen. Das ERAL Material könnte ich als Nachtragsliquidator wiederum an die zukünftige Firma verkaufen und damit die positiv aufgetretenen Gläubiger teilweise befriedigen. So ging es mir durch den Kopf. Aber wie käme ich zum nötigen Startkapital? Wie käme ich an diese Immobilie?

Ich, Fritz Deutsch, hatte eine Idee und sah einen Weg zur Problemlösung: Ich schrieb die BvS in Berlin an und gab mein Übernahmeangebot ab.

Da meine Familie durch die CAMAC-Affäre die ERAL-Firmen und das Vermögen verloren hat, könnte die BvS als Mitverursacher und/oder Dulder dieser Affäre ihre Schuld gegenüber meiner Familie durch die Übergabe der Immobilie mit Fördermitteln in Freital ausgleichen. Somit würde nicht nur eine Wiedergutmachung erfolgen, sondern auch Arbeitsplätze in Freital geschaffen und der Aufbau Ost gefördert.

Doch auch als Optimist hatte ich keinen Erfolg. War es der Kopf oder der Bauch? Ich weiß es nicht mehr. Ich hatte das Gefühl, ich sollte anrufen! Ich rief die zuständige Rechtsabteilung der BvS an. Herr Glatt war mein Gesprächspartner. Der richtige Sachbearbeiter, wie ich im laufenden Gespräch feststellte. Durch den zwischenzeitlich internen Informationenaustausch seines Amtes kannte er mein Anliegen, meine Wünsche. Ja, sagte er, er kenne den gesamten Problemfall CAMAC AG. Er kenne meinen Namen. Bei der BvS sähe man keine Mitschuld. Die Käufer wären die Täter. Die Treubankanstalt wäre damals betrogen worden. Derzeit liefe ein Gerichtsverfahren gegen die Käufer der CAMAC AG, die Herren Körner, Noppel, Dr. Meier und Dr. Dauer. Man habe zwar Einspruch eingelegt, aber letztlich würde der Prozess von der BvS gewonnen werden. Weiterhin: Die BvS könne kein Schuldanerkenntnis abgeben und Staatsvermögen ohne Rechtsgrund verschenken. Die Übernahme von Freital durch mich könne somit nicht stattfinden.

Immerhin, jetzt gab es zumindest Täter und Opfer. Auch hatte ich neue Informationen, es würde einen Prozess gegen die Käufer in München geben. Die Namen Dr. Meier und Dr. Dauer waren für mich neue Namen im gesamten Spiel. Ich lenkte das Gespräch in Richtung Unterstützung gegen diese Täter, gegen die Käufer. Herr Glatt kannte auch meine Strafanzeige bei der Staatsanwaltschaft Chemnitz. Dies war kein Wunder, wo doch immer nach meiner Information in Chemnitz eine Anfrage der BvS mit der Nr. 185 RiStBV kam. Jetzt hatte ich auch diese Quelle entdeckt. Da es der Sache diene, würde man mich bei eventuellen Klagen mit Informationen unterstützen. Ich solle hierzu meine Fragen schriftlich nach Berlin geben. Aber jetzt kamen von Herrn Glatt die (erwarteten) Tagesknüller aus Berlin: "Wir können über die alten Firmen der CAMAC AG sprechen, aber nicht über die neuen Firmen." Ich am Telefon: "Die Staatsanwaltschaft in Chemnitz ist der Meinung, die Treubankanstalt habe die Machenschaften der CAMAC-Käufer geduldet." Herr Glatt: "Wenn ein Staatsanwalt dies behauptet, werde ich dafür sorgen, dass er in einer Kammer und unter einem Papierberg verschwindet!" Ich wurde sehr unruhig. Nach dieser Information gab es "neue CAMAC-Firmen". Dies war mir absolut neu.

Laut Herrn Glatt konnte die Rechtsabteilung der BvS einen unangenehmen Staatsanwalt also unter einem Papierberg verschwinden lassen. Somit hat die TBA/BvS die Macht die Staatsanwaltschaft zu führen. Wer gab diesem Amt diese Macht? Die Bundesregierung, das Finanzministerium als die Mutterbehörde? Wieder neue Fragen ohne Antworten.

Mit dem Schreiben vom 21.9.2000 hatte ich es schriftlich. Abteilung FuB VM3 der BvS in Berlin antwortete: Ihre Behauptungen, dass die TBA/BvS diverse von Ihnen angesprochenen Handlungen der Käufer der CAMAC-Gruppe oder der Geschäftsführung der Zwickmasch GmbH geduldet habe, weisen wir zurück. Die Aufstellung derart pauschaler und unsubstanziierter Behauptungen über die Treubankanstalt und ihre Mitarbeiter sind völlig ungerechtfertigt.

Unruhig lief ich in meinem Büro auf und ab. Von Wand zur Wand. Lag der Schlüssel zur Problemlösung, zur Beweisfindung in Berlin? Wenn ja, den Schlüssel konnte ich dort doch nicht so einfach abholen. Auf meinem Schreibtisch lagen noch nicht abgeheftete Papiere, Registerauszüge und Gerichtspapiere über die Nachtragsliquidatorfunktion der verlorenen Firma ERAL PLASTIK GmbH i.L.. Diese Papiere mussten in den dafür bestimmten Ordner, in die Ablage. Ich zögerte beim Lochen der Blätter. Neue CAMAC-Firmen? Neue Firmen werden doch beim Registergericht geführt. Neue Firmen haben doch Gesellschaftsverträge, Urkunden usw. Papiere, Beweise, richtig! Jetzt war ich wieder der alte Fritz Deutsch. Ich hatte die Nase wieder im Wind. Sofort schrieb ich an das Registergericht in Chemnitz und fragte nach Akteneinsicht aus berechtigtem Interesse, als Geschädigter der Zwickmasch GmbH.

Innerhalb einer Woche bekam ich die Freigabe für eine Akteneinsicht beim Amtsgericht in Chemnitz. Ich durfte keine Zeit verlieren. Meine bisherigen "unbekannten" Feinde könnten mir diesen neuen Weg verbauen. Oder gar Unterlagen verschwinden lassen. Wer die Staatsanwaltschaft beherrscht, beherrscht sicherlich auch das Amtsgericht. Eventuell wird mein Wunsch auf Akteneinsicht auch der BvS - vertraulich - gemeldet. Wieder fühlte ich mich von Spionen und Feinden umgeben.

Am nächsten Tag fuhr ich mit einem geliehenen Fahrzeug nach Chemnitz. Ich hatte Glück. Zwei sehr nette Damen übergaben mir nach

kurzer Kontrolle meiner Person fünf Aktenmappen zur Einsicht. Ich durfte mir einen Schreibtisch für das Studium der Unterlagen heraussuchen. Die Überraschung war perfekt! Es geht doch nichts über die deutsche Gründlichkeit. Sofern man keine Akten verschwinden lässt. Ich hielt den gesamten Ablauf der Firmenumstrukturierung und der Neugründungen um die Firma Zwickmasch GmbH, nebst Konkursunterlagen in den Händen.
Die Käufer der Zwickmasch GmbH hatten 1992 die Firma übernommen und zu einer Vermögensverwaltungsfirma umgebaut. So wie es bei der Strafanzeige des Dr. Weniger der Staatsanwaltschaft gemeldet war. Weiter: Die Unterlagen zeigten die Gründung einer neuen Firma Zwickmasch GmbH, die alle Produktionswerte und Produktionsverträge von der alten Zwickmasch GmbH übernahm. Diese neue Firma wurde in eine neue CAMAC-Holding eingebracht. Beide Firmen, die CAMAC-Holding und die neue Zwickmasch GmbH als Holdingtochter gingen in 1994, nach noch nicht einmal einem Geschäftsjahr in den Konkurs, meiner Meinung nach in den geplanten Konkurs.
Meine ERAL Lizenz GmbH hatte keine Chance bei dieser Vermögenstrennung, Neugründungen und Übergabe der Produktionsverträge in 1992. Die ERAL Lizenz GmbH wurde nie über diese Machenschaften informiert. Deshalb wurden und konnten meine ERAL-Firmen mit falschen Beschuldigungen und Prozessen überzogen werden.

Die nächsten Mappen steigerten die bisherige Überraschung noch mehr: Es gab ab 1994 wiederum eine neue Zwickmasch GmbH. Die Treubankanstalt hatte mit Hilfe der alten CAMAC-Geschäftsführer, noch vor dem Konkursantrag der 2. Zwickmasch GmbH und Konkursantrag der CAMAC-Holding eine 3. Zwickmasch GmbH gegründet, diese anfangs mit Strohmännern besetzt und mit leicht veränderter Firmenbezeichnung versehen. Die Vertragspapiere zeigen eindeutig und klar, die Treubankanstalt hatte als Eigentümerin der alten Zwickmasch GmbH die Verantwortung übernommen und wollte über diese Neugründung - nach außen - die Firma retten. Oder doch nur verschleiern? Es wurden vier Tochterfirmen auf diesem Wege neu gegründet. Die Alt-Geschäftsführer aus 1992, also Helfer der Machenschaften in der Holding, wurden durch die Treubankanstalt zu Geschäftsführern der dritten Firmengeneration. Diese neue, dritte Firma Zwickmasch GmbH wurde in 1995 nach Zwickau verlegt. Damit war das Außenverhältnis wieder hergestellt. Der bekannte Dr. Bolzenmann aus Zwickau wurde wiederum Prokurist, dann zum Geschäftsführer der dritten Firma in Zwickau. Die gesamten Akten lasen sich wie ein Kriminalroman.

Somit, mein Ergebnis aus dem Studium, wurde auch mein ERAL-Vermögen von der TBA/BvS in 1995 übernommen. Deshalb wollte die Staatsanwaltschaft die erste Übergabeperson aus der Unterschlagung nicht suchen oder benennen!

Nun völlig durcheinander fragte ich die Abteilungsleiterin nach einer Kopiergenehmigung für diese Unterlagen. Sie wurde mir gegen Bezahlung gewährt. Ich, Fritz Deutsch, hatte ein Rätsel gelöst. Oder doch nur teilweise?

Aus diesem Grunde - Machenschaften der Treubankanstalt - wollte Herr Glatt nicht mit mir über "die neuen Firmen" sprechen. Zuhause wollte ich in Ruhe alle Papiere auswerten. Gab es noch mehr Überraschungen?

Am nächsten Morgen fuhr ich mit Anna wieder auf den Schwanberg zur Michaeliskirche. Wir zündeten ein Teelicht an und dankten Gott für die Hilfe in Chemnitz. Jetzt war meine Anna wieder stolz auf mich.

Bei der Durchsicht der kopierten Unterlagen fand ich auch bisher übersehene Papiere. Die Treubankanstalt hatte, sicherlich aus Alibigründen, ein Gutachten über die Lebensfähigkeit der neuen Firmen erstellen lassen. Ein Witz, denn diese Lebensfähigkeit war nach der Gründung der neuen Firmen nie gesichert.

Das Gutachten hatte jedoch einen zweiten Sinn. Die Bundesrepublik Deutschland beantragte in Brüssel, bei der EU, eine Subvention in Höhe von DM 50 Millionen. Mit Hilfe des Außenministers wurde das Ziel erreicht. Die DM 50 Millionen wurden an die BvS-Firmen ausgezahlt. In einem weiteren Schritt wurden von der BvS die dritte Firma Zwickmasch GmbH in 1998 an die Zwickauer Firma Sachsenring AG weitergegeben. Selbstverständlich ohne Kaufpreiszahlung, mit einer Subvention. Die BvS hatte die ungeliebte Firma los, das Privatunternehmen Sachsenring AG eine weitere Firma mit einer Subvention.

Im Mitteldeutschen Fernsehen (MDR) kam eines Tages eine Sendung über die Firma Sachsenring AG. Ich war zufällig auf Sendung. Die beiden Inhaber sprachen auch über die Übernahme der dritten Zwickmasch GmbH. "Gegen Geld übernehmen wir jede Firma", so ihre Aussage.

Ich hätte diese Firma in Zwickau auch ohne Geld übernommen. Doch ich gehörte nicht zur Spielergemeinschaft der BvS und hatte keine Chance beteiligt zu werden.

Anmerkung zum Thema: Im letzten Jahr hatte im Fernsehen Frau Maischberger (NTV) Besuch vom ehemaligen Ministerpräsidenten des Landes Sachsen. Dieser hatte unrühmlich sein Amt verlassen (müssen). Sie fragte im Gespräch mit dem Ministerpräsidenten unvermittelt: "Die Geschäftsleitung der Sachsenring AG hat eine Eidesstattliche Versicherung darüber abgegeben, dass sie von Ihnen persönlich genötigt wurden eine

Spende in Höhe von EUR 2 Millionen abzugeben. Ist dies richtig?" Der Ministerpräsident: "Es war eine freiwillige Spende. Ich lasse diesen Fall zur Zeit untersuchen." Hatte die CAMAC-Affäre jetzt doch noch ein Nachspiel? Daran glaubte ich nicht.
Mein Rechtsanwalt Atta und meine Frau Anna waren erstaunt über meinen derzeitigen Tatendrang, meine Willenskraft. So oft hatte ich als Verlierer am Boden gelegen.

19. Die Verfahrenseinstellung Zwickmasch GmbH

Oder die Staatsanwaltschaft gibt Amtshilfe   (2000)

Im November 2000 bekam ich einen Anruf aus Chemnitz. Der Anrufer wollte nicht bekannt werden. Dies war mir auch recht. Nur die Information zählt. Ich solle unverzüglich handeln. Man habe die Absicht das gesamte CAMAC-Verfahren einzustellen. Ich hätte doch jetzt alle Kenntnisse. "Worauf warten Sie noch, Herr Deutsch?" Jetzt wurde ich wieder sehr schnell. Wenn die Staatsanwaltschaft Chemnitz das Strafverfahren schließt, wer immer diese Anweisung gibt, dann bleiben wichtige Unterlagen außerhalb der Aktenlage.

Ich erstellte Strafanzeige bei der Staatsanwaltschaft Chemnitz gegen die Personen um die Treubankanstalt und/oder Nachfolgeorganisation BvS gegen Vorstandschaft und Vertragsmanagement. Mein Vorwurf und Verdacht: Beihilfe, Duldung, Untreue und Einvernehmlichkeit. Alle mir bekannten Unterlagen mit Datenerfassung legte ich bei. Am 12. Dezember 2000 wurde mir der Eingang bestätigt und das Aktenzeichen mitgeteilt.

Anmerkung: Am 26. Februar 2001 wurde das Ermittlungsverfahren aus der Strafanzeige gegen die Personen um die Treubankanstalt/ BvS eingestellt. Eingestellt nach § 152 SPO, wie schon vermutet. Keine Chance für das Recht. Ich hatte keine Chance. Es lebe die Amtshilfe in Deutschland.

War ich nun am Untersuchungsende angelangt? Nein, nein und nochmals nein. Mir fehlten die letzten Beweise in der Angelegenheit der CAMAC AG. Unterlagen, welche ich nie aufgefunden hatte. Alle bisherigen und aufgefundenen Akten waren "sauber" gemacht worden. Es fehlten noch immer: Unterlagen um den Kaufvertrag zwischen der Treubankanstalt und den Käufern vom Tegernsee.

Wie sagte mein Rechtsanwalt: "Sie müssen das Schlangennest und die Schlangen finden." Dieser Mann hatte leicht reden. Schon seit 1994 befinde ich mich auf der Suche. Welche Mühen, welcher Geldaufwand, welche Niederlagen.

20. Die Bank versteigert
Oder der Geschäftspartner will nur das Beste   (1994-1999)

In der gesamten Zeit meiner Suche und der Auseinandersetzungen mit den mir bekannten Personen im Zusammenhang mit der CAMAC AG-Affäre stand ich mit meiner ehemaligen Hausbank, der Hypis-AG, in Verbindung. Nachdem sie in 1994 sämtliche Konten der ERAL-Firmen gesperrt und letztlich aufgelöst hatte, wollte die Bank die Rückführung aller Kredite. Dies selbstverständlich auf der Basis der Bank-Geschäftsbedingungen. Ohne Beweise, nur auf den geäußerten Verdacht der von der Staatsanwaltschaft Würzburg beauftragten Polizei hin, wurde die Zusammenarbeit aufgekündigt. Laut meinen Bankunterlagen hatte ich bereits im Juni 1995 den Vorstandssprecher der Hypis-AG, Herrn Dr. Marelli, über meine Situation und über die Zusammenarbeit mit seiner Bank in Würzburg direkt informiert. Sämtliche Briefe waren der zuständigen Fachabteilung der Bank in München zur Bearbeitung übergeben worden. Eine Bearbeitung meiner Probleme, in Verbindung mit den damals vorliegenden Informationen, wurde nicht vorgenommen. Der Ton aus Würzburg wurde schärfer. Im Mai 1995 schrieb ich noch: Unabhängig davon konnte ich ab April 1994 die kriminellen Machenschaften einiger Unternehmer gegen die ERAL-Firmen und somit gegen meine Familie aufdecken. Diese Machenschaften erfolgten auch über meine Bankverbindungen bei Ihrer Hypis-AG. Die Antwort: Den in Ihrem Schreiben erneut gegen unser Institut vorgebrachten Vorwurf weisen wir als haltlos und unbegründet in schärfster Form zurück. Warum erneut? Es gab bisher keinen Vorwurf von meiner Seite gegen diese Hausbank der ERAL-Firmen. Die Fachabteilung in München setzte im Juli 1995 noch einen drauf: Ich wurde aufgefordert sofort die Verbindlichkeiten zurückzuführen oder man würde die vorhandene Lebensversicherung kündigen und auch das vorhandene pfandunterstellte Grundstück verwerten. In 1999 konnte ich in Erfahrung bringen, dass die Hypis-AG auch von der CAMAC GmbH als Hausbank geführt wurde. Weiterhin gab es ja noch die Aussage Herrn Körners der Firma CAMAC GmbH in 1992: Sollte ich nicht innerhalb einer Woche reagieren, so würde er seine Freunde bei der Hypis AG in München aktiv werden lassen. Ein wichtiges Vorstandmitglied der Hypis AG wäre sein Freund. Man würde sich von seiner Zeit als Vorstand von den BMW-Werken kennen.

Ich hatte gegen die ehemalige Hausbank keine Chance. Am 28.12.1999 ging das Grundstück meiner Anna in die letzte Zwangsversteigerung. Das Vermögen war verloren. Ich befragte, mutlos und geschlagen, wieder einmal meinen Kopf und meinen Bauch. Was könnte ich jetzt noch tun? Würde ich diese Hypis-AG eines Tages zur Rechenschaft ziehen können? Würden mir die Beweise für das negative Verhalten der Hausbank noch in die Hände fallen? Mein Kopf und mein Bauch waren einer Meinung: Ich werde diese Beweise noch finden.

21. Bundestagsabgeordnete greifen ein
Oder der Petitionsausschuss tagt   (2000-2001)

Im Oktober 2000, erschöpft von dem vielen Ärger um die CAMAC GmbH, nach der Privatisierung gab es ja keine AG mehr, sah ich zufällig eine Sendung des Mitteldeutschen Rundfunks. Man zeigte den Zuschauern die Machenschaften im Bauhandwerk. So genannte Bauträgerfirmen zahlten ihre Handwerkerrechnungen nicht. Die Folge: Eine Pleitenwelle in den östlichen Bundesländern. Bundestagsabgeordneter Dr. Rüger machte sich für die armen Handwerker stark. Mein Kopf schlug Alarm. Ein Bundestagsabgeordneter, der Vorsitzender des Ausschusses für Angelegenheiten der Neuen Länder ist und sich für die Belange der Bürger einsetzt?
Noch in dieser Nacht saß ich am Computer und schrieb einen Brief an Dr. Rüger. Auf drei Seiten stellte ich ihm meine Probleme vor: Die Zerschlagung der CAMAC AG durch die Privatisierung in Verbindung von Machenschaften um die Treubankanstalt, meine Strafanzeigen gegen die Verantwortlichen bei der Staatsanwaltschaft Chemnitz, ferner meine Darstellung dieser Angelegenheit und Forderung einer Regulierung bei der BvS in Berlin. Hierbei zeigte ich die Ablehnung meiner berechtigten Forderung durch BvS-Präsidenten Herrn Heimstädt an. Desweiteren beschrieb ich mein Vorhaben, in Freital eine neue Firma mit vielen Arbeitsplätzen aufbauen zu wollen.

Im November 2000 schrieb ich Herrn Dr. Rüger nochmals. In den Akten der Staatsanwaltschaft hatte ich den Brief der BvS vom 19.2.1996 gefunden. Hierin werden direkt und indirekt alle meine Angaben aus meinem letzten Brief bestätigt. Unter Duldung und aktiver Mitarbeit von Seiten der Treubankanstalt und der BvS wurde die CAMAC AG zerstört und meine Familie um ihr Vermögen gebracht. Ich bat um Hilfe. Zur Sicherheit informierte ich auch andere Ausschussmitglieder von anderen Parteien.

Im Dezember 2000 bekam ich vom Referat WF Va4 vom Deutschen Bundestag ein Schreiben. Darin wurde ich informiert: "Da der Petitionsausschuss des Deutschen Bundestages bereits ähnlich gelagerte Fälle geprüft hat, habe ich Ihre Eingabe dorthin weitergeleitet. Nach Abschluss des Prüfverfahrens erhalten Sie von dort umgehend Bescheid." Jetzt war ich in den richtigen Händen. Es gibt Gerechtigkeit. Ich hatte ein gutes Gefühl.
Da ich genau zu dieser Zeit auch noch die negative Mitteilung der Staatsanwaltschaft Chemnitz, die Einstellung des Ermittlungsverfahrens nach

§170 Abs. 2 gegen alle Verantwortlichen der CAMAC-Affäre erhalten hatte, informierte ich das Referat im Deutschen Bundestag auch darüber. Ich war jetzt zur Hochform aufgelaufen. Ich setzte noch eines drauf und sandte auch die Kopie der Verfahrenseinstellung und meine Beschwerde gegen diese Einstellung in Kopie an dieses Referat.

Da ich zwischenzeitlich nochmals den Kontakt zur BvS in Berlin suchte - ich schrieb den neuen BvS-Präsidenten Dr. Schleier-Hauswart an und bat ihn um eine einvernehmliche Problemlösung, verbunden mit Lösungsvorschlägen und Entschädigungszahlen - informierte ich das Referat WF VA 4 auch über dieses Schreiben.

Der Deutsche Bundestag sandte mir meine Bearbeitungsnummer zu, weiterhin, dass Frau Leicht, MdB, die Vorsitzende des Verfahrens sei. Ich war glücklich. Meine Anna war glücklich. Wir hatten es geschafft. Wir sollten Gerechtigkeit bekommen. Spät, aber nicht zu spät.

Im Januar 2001 trug ich meine Beschwerde mit Unterlagen beim Ministerium der Justiz des Landes Sachsen-Anhalt vor. Der Minister wurde von mir über die Betrügereien der CAMAC-Verantwortlichen und der Duldung durch die Treubankanstalt und über die Machenschaften der BvS mit der Gründung von Firmenneugründungen nach Konkursen informiert. Fakten über Fakten. Hierbei konnte man sehr leicht das Spiel zwischen der BvS und der Staatsanwaltschaft erkennen. Auch darüber informierte ich in Kopie das Referat WF VA 4. Ich fühlte mich einfach gut.

Da passte es genau, dass die Zeitschrift FOCUS 4/2001 einen Artikel über die Präsidenten und Manager der Treubankanstalt und BvS brachte: Skandale, Scheinselbständigkeit der Berater, keine Zahlung an Sozialversicherung und Finanzamt, Verdacht auf Steuerhinterziehung. Weiterhin hatten die Ermittlungen einen pikanten Nebeneffekt: Der BvS-Manager, Dr. Schleier-Hauswart, der die umstrittene Praxis als verantwortlicher Personaldirektor seit 1996 weiterlaufen ließ, dem Juristen, der selbst auf Grundlage eines Beratervertrages für die Behörde arbeitete, gelang kürzlich ein Karrieresprung: Seit Beginn des Jahres war er neuer Präsident der BvS. Was können sich die Manager bei der BvS alles leisten! Außerdem: Frau Brit Braul war als Präsidentin der Treubankanstalt von 1991 bis 1994 verantwortlich tätig. Somit hat Frau Braul das gesamte Projekt CAMAC begleitet. Sie hat die Verantwortung für die Vernichtung der Werte und Menschen zu tragen. Selbstverständlich informierte ich das Referat beim Bundestag auch über diesen Zeitungsartikel. Ob die Abgeordneten dieses Magazin lesen? Im März 2001 wurden mir die Eingänge meiner Schreiben bestätigt.

Über das Bundeskanzleramt hatte ich erfahren, dass das Bundesfinanzministerium die Verantwortung für die BvS trägt. Diese Behörde sehe kein Verschulden der Treubankanstalt und der BvS in der Angelegenheit CAMAC AG. Richtig, ich hatte bisher immer meine Ansprüche bei der BvS abgegeben. Und diese war somit lediglich eine Tochter des Bundesfinanzministeriums und wehrte die Forderungen ab.

Wenn der Petitionsausschuss meine Klage bearbeitet, so dachte ich, wird das Bundesfinanzministerium sicherlich ein Gutachten oder eine Aussage machen. Diese Information - "Amtshilfe" - könnte nur zu meinem Nachteil sein. Ich überlegte meinen nächsten Zug auf dem sprichwörtlichen CAMAC-Schachbrett. Ich musste schnell reagieren: In Form einer Dienstaufsichtsbeschwerde informierte ich das Bundesfinanzministerium über die Vorkommnisse CAMAC AG. Somit lag meine Darstellung vor. Zur Sicherheit übersandte ich dem Petitionsausschuss eine Kopie meiner Dienstaufsichtsbeschwerde vom April 2001.

Im Juli 2001 bekam Anna einen Anruf aus Bonn. Die Referentin eines Abgeordneten informierte sie über den derzeitigen Stand der Dinge. Der Ausschuss werde vor September zusammentreten und entscheiden. Die Lage sei, aus ihrer Sicht, für uns sehr positiv. Wir waren glücklich.

Im Oktober 2001 teilte uns der Petitionsausschuss mit, die Eingabe würde nunmehr den parlamentarischen Berichterstattern zugeleitet. Die Beschlussempfehlung würde dem Deutschen Bundestag vorgelegt. Anna fragte mich, wann wir endlich die Entscheidung aus Berlin erhalten würden. Wir benötigten unser Recht. Wir benötigten den Schadenersatz. Im Dezember 2001 kam die lange ersehnte Post aus Berlin: Es wurde beschlossen das Petitionsverfahren abzuschließen. "Es folgt damit der Beschlussempfehlung des Petitionsausschusses (BT-Drucksache 14/7800), dessen Begründung beigefügt ist."

Mit weichen Knien las ich die Begründung. Das Bundesministerium der Finanzen hatte seine Stellungnahme abgegeben. Falsche Interpretationen, falsche Angaben wie, die Käufer hätten betrogen, die ERAL GmbH hätte nie vertragliche Beziehungen mit der Treubankanstalt und der BvS gehabt usw. "Der Ausschuss vermag vor dem dargestellten Hintergrund die Eingabe nicht zu unterstützen." Man hatte mich und meine Familie im Stich gelassen. Meine Informationen und Unterlagen wurden nicht berücksichtigt.

Anna und ich wurden krank. Krank an Leib und Leben. Wir konnten nicht mehr. Anmerkung: In 2002 wurde Anna überraschend operiert. Krebs.

Wir bekamen von diesem Staat keine Gerechtigkeit. Eine große Strecke der Ungerechtigkeit: Würzburg, München, Chemnitz Magdeburg, Dresden, Berlin. Stationen der Niederlagen. Verzweifelt fuhren wir wieder auf unseren Schwanberg und beteten.

Tage später las ich immer wieder den Beschluss aus Berlin durch. "Der Ausschuss vermag vor dem dargestellten Hintergrund die Eingabe nicht zu unterstützen." Richtig, vor dem dargestellten Hintergrund des Bundesfinanzministeriums waren die Entscheidungen gefallen.

Und ich konnte die vertragliche Verbindung zwischen der Treubankanstalt / BvS und meinen ERAL-Firmen nicht beweisen. Weiterhin konnte ich noch immer nicht, da die Unterlagen fehlten, die Zusammenarbeit zwischen den Käufern der CAMAC und der Treubankanstalt beweisen.

Ich befragte meinen Kopf und meinen Bauch. Da bekam ich ein Zeichen: Einer der um Hilfe gebetenen Abgeordneten schrieb mir einen Brief. Diesem lag eine Briefkopie vom Präsidenten der BvS bei. Der Präsident hatte auf eine CAMAC-Anfrage hin geantwortet. Textauszug vom Dezember 2000: ›Sie würden einen Präzedenzfall schaffen, dessen Ausmaß nicht absehbar ist.‹ Deutsches Sprichwort: Der Fisch stinkt am Kopf zuerst. Ich musste an die Treubankanstalt herankommen…

22. Das Aktenzeichen
Oder die jahrelange Suche hat sich gelohnt   (2001)

Wieder hatte ich eine Krise. Warum kam ich nicht zum Erfolg? Wie kann man die vermutete Korruption im Amt beweisen? Die Ursache der CAMAC-Affäre musste unbedingt gefunden werden!
Über eine Woche lang durchsuchte ich meine eigenen Unterlagen und die gefundenen Papiere. Nichts. Ich ging nochmals alle Gesprächsnotizen der letzten Monate durch. Stopp. Ich hatte eine wichtige Information übersehen. Herr Glatt von der BvS sprach von einem Prozess gegen die ehemaligen Käufer in München, von einer Schadenersatzklage. Wo es einen Prozess gab, da gibt es auch Unterlagen. Ich hatte ein gutes Gefühl. Mein Bauch und mein Kopf bestätigten dies.
Wieder fuhr ich nach Würzburg zu Rechtsanwalt Atta. Meine juristischen Kenntnisse in Prozessverfahren waren durch die zwischenzeitlich ca. 50 Prozessvorgänge beträchtlich angewachsen, jedoch benötigte ich den Einstieg in einen fremden Prozess. Ein Prozess der BvS (oder einer beauftragten Person) gegen die Käufer vom Tegernsee. Ich bekam die gewünschte Information, wie ein Prozess in der Sache abläuft, wo man Fragen stellen konnte. Nun wollte ich es wissen. Ein Telefonanruf beim Landgericht in München brachte mir das Prozess-Aktenzeichen und die Information über einen Widerspruch beim Bundesgerichtshof in Karlsruhe. Damit hatte ich den Einstieg für die Suche.

23. Der Konkurs der CAMAC GmbH

Oder: Auch Tote können reden   (2001)

Vom Konkursverwalter der CAMAC Holding in Magdeburg gab es gegen die CAMAC GmbH ein Gerichtsverfahren bis in 2001, gegen die Hauptfirma der Käufer aus dem Kaufvertrag von 1992. Dieser Konkursverwalter, Herr Weite, war mir schon aus dem Jahr 1996 bekannt. Damals stellte ich gegen ihn eine Strafanzeige bei der Staatsanwaltschaft in Chemnitz wegen Unterschlagung von ERAL-Eigentum in Zwickau. Und in 2000 wurde das Verfahren, ohne dass je eine Untersuchung vorgenommen wurde, eingestellt, wie bereits erwähnt. Herr Weite befand sich also, so auch die damalige Aussage eines BvS-Mitarbeiters, im Auftrag der BvS seit 1995 im Rechtsstreit gegen die CAMAC GmbH.

Man trifft immer wieder die gleichen Namen, auf die gleichen Steuer- und Unternehmensberater. Täter? Jetzt wollte ich es wissen. Ich schrieb an den Konkursverwalter Birkel der CAMAC GmbH in Holzkirchen und bat um Akteneinsicht aus berechtigtem Interesse als Geschädigter der CAMAC GmbH. Herr Dr. Birkel antwortete nicht. Nach vier Wochen telefonierte ich mit seinem Büro. Seine Ehefrau war am Apparat. Das Büro sei unter fremder Verwaltung, denn ihr Mann sei überraschend verstorben. Ich war geschockt. Sollte der Konkursverwalter eines unnatürlichen Todes gestorben sein? In der CAMAC-Sache wäre doch alles möglich. Sie wollte über ihren Mann nicht sprechen, aber sie gab mir die Adresse des juristischen Verwalters mit Sitz in München. Dieser könne die Unterlagen freigeben. Frau Birkel wünschte mir viel Erfolg für mein Anliegen. Ich schrieb an das Rechtsanwaltsbüro in München. Die Antwort kam sofort. Eine Durchsicht der Akten CAMAC könne nur im Beisein eines Rechtsanwalts erfolgen. Man würde aber auch einem Rechtsanwalt meiner Wahl diese Unterlagen zu den üblichen Bedingungen übersenden. Rechtsanwalt Atta, schon über 7 Jahre mein juristischer Berater, forderte diese CAMAC GmbH Unterlagen schriftlich an. Etwa drei Wochen kam später ein riesiges Paket.

Acht Aktenordner umfasste die gesamte Dokumentation über den Konkursvorgang der CAMAC GmbH. Welch eine Arbeitsleistung von Herrn Dr. Birkel als Konkursverwalter. Im Besprechungszimmer auf dem Dachboden des Rechtsanwalts durfte ich unter Aufsicht einen ganzen Tag lang diese acht Akten lesen bzw. durchblättern. Ich war an diesem Tag außer mir vor Freude. Ungeheuerlich, der tote Rechtsanwalt Dr. Birkel redete mit mir über diese Akteninhalte. Eine Generalstabsarbeit dieses Rechtsanwalts lag vor mir. Alle Vorgänge um die CAMAC-Affäre hatte dieser Mann seit 1997 zusammengetragen. Nicht nur den Streit zwischen der CAMAC GmbH und der BvS, dies in Vertretung durch Herrn Weite, auch die bisher nicht vorhandenen Beweise hielt ich in den Händen. Sogar eine Zusammenfassung der Vorgänge um die CAMAC GmbH aus den Jahren 1992 bis 1997, geschrieben an die Staatsanwaltschaft in Chemnitz, lag bei. Dieser hatte die ungeheuerlichen Vorgänge angezeigt und wie auch ich keine Antwort aus Chemnitz erhalten. Der lange von mir gesuchte Kaufvertrag Treubankanstalt - Käufer befand sich in Kopie bei den Unterlagen. Mein Rechtsanwalt Atta war fassungslos ob der vor ihm liegenden Unterlagen. Damit ich diese Informationsflut bewältigen konnte, suchte ich die für mich wichtigsten Unterlagen heraus und übergab diese zum Kopieren. Ich hatte die Akten der CAMAC GmbH, das große Geheimnis der Treubankanstalt. Dass ich, Fritz Deutsch, an diese Quelle Konkursverwalter Dr. Birkel herankommen könnte, daran hatte sicherlich in Berlin und Chemnitz keiner der Verantwortlichen je gedacht.

Meine erste Handlung im Büro war die Anfertigung von Kopien der Ordnerinhalte. Treuhänder sollten jeweils den Inhalt für mich bewachen. Termingemäß konnte somit der Rechtsanwalt Atta die treuhänderisch übergebenen Unterlagen an den Absender in München zurücksenden.

Am nächsten Tag erstellte ich verschieden Untersuchungs- und Auswertungskonzepte für meine Arbeit mit diesen Akten, um die Unterlagen nach ihrem späteren Verwendungszweck zusammenzustellen:

a) Klage gegen die Bundesrepublik Deutschland als Dienstherr der Treubankanstalt /BvS und des Bundesfinanzministeriums;
b) Klage gegen die bekannten, korrumpierten Beamten;
c) Klage gegen die Käuferfamilien;
d) Information der Allgemeinheit über die Presse;
e) Information der politisch Verantwortlichen in Berlin;
f) Information der festgestellten Geschädigten und Betroffenen;
g) Information meiner Freunde und Familienmitglieder.

Wut machte sich bei mir breit, nicht der Hass. Als Erstes erstellte ich eine Gesamtdarstellung der Vorgänge.

Die Fakten: Die Treubankanstalt verkaufte in 1992 in der Schweiz, ohne Eigentümerin der Immobilien innerhalb der CAMAC AG zu sein, den gesamten Konzern an Privatleute für ca. DM 17 Mio. Die Käufer zahlten für riesige Werte an Immobilien (ca. DM 100 Mio.) und Firmenwerte (ca. DM 65 Mio.) nichts, keine einzige Deutsche Mark.

Die Bundesrepublik Deutschland entschuldete den CAMAC-Konzern vor Vertragsschluss mit DM 65 Mio. Die einzelnen Tochterfirmen wurden - mit Wissen und Duldung der Treubankanstalt - 1994/95 in den geplanten Konkurs geschickt. Die Käufer hatten die Immobilien schon 1992 von den übernommenen Firmen abgetrennt und verkauften, dies ohne rechtlich Eigentümer zu sein, die Immobilien zwischen 1993 und 1998. Die Immobilienkäufer, die Verkäufer selbst mit Partnern, bauten auf den Immobilien mit Hilfe der Sächsischen Aufbaubank (Bundesrepublik Deutschland) bauliche Großprojekte, Residenzen usw.

Die Treubankanstalt übernahm von den Käufern eine Kaufpreisteilzahlung von ca. DM 9 Mio. aus einer Konzerngesamtkasse (cashpool), also ein Betrag, welchen die Treubankanstalt vorher in den Konzern eingegeben hatte. Dies ohne eine Reklamation. Die Treubankanstalt übernahm nicht die Anzahlungsbürgschaft über DM 7 Mio. aus einer Bankgarantie im Frühjahr 1993. Die Treubankanstalt hatte angeblich diesen Termin der Geldübernahme vergessen.

Die Treubankanstalt hat niemals die Vertragserfüllung aus dem Vertrag - in der Schweiz als deutsche Behörde über Beauftragte mit den Käufern erstellt - eingeklagt. Wie z.B. die Sicherung der Arbeitsplätze, die zu leistenden Investitionen usw. Die Treubankanstalt hat niemals die Trennung der Vermögenswerte von den Betriebsfirmen verhindert oder gar den Verkauf einzelner Immobilien kurz nach der körperlichen Übernahme durch die Käufer, bei fehlender Bezahlung des Kaufpreises durch die Käufer, gestoppt. Die Treubankanstalt hat niemals die Verantwortlichen der CAMAC AG bei der Staatsanwaltschaft strafrechtlich angezeigt. Lediglich Informationen wurden ausgetauscht. Später wurden Unterlagen nicht mehr aufgefunden. Die Treubankanstalt hat niemals den Kaufvertrag einer Rückentwicklung zugeführt. Bei erfolgtem Vertragsbruch, wie bestätigt, erfolgt im Regelfalle die juristische Rückentwicklung.

Warum hat die Treubankanstalt in den Jahren 1993 bis 1998 diese Rückentwicklung nicht durchgeführt? Warum schaute man zu?

Es gibt für das Fehlverhalten der Treubankanstalt nur folgende Begründung: Die Treubankanstalt hat - rechtswidrig - in der Schweiz fremdes Eigentum an Immobilien aus den östlichen Bundesländern an Privatleute mitverkauft. Damit die bei einer eventuellen Rückentwicklung bestehende Bedrohung durch die Käufer - Anzeige wegen betrügerischem Verhalten - nicht erfolgte, duldete man alle Machenschaften zur Zerschlagung des CAMAC-Konzerns durch die Käufer vom Tegernsee. Letztlich duldete man auch die Schädigung von Alteigentümern der Immobilien und aller Betroffenen aus den CAMAC-Firmenkontakten.

Der Präsident der BvS hatte auf eine Anfrage eine Bundestagsabgeordneten zur Sache CAMAC geantwortet - Textauszug vom Dezember 2000: Sie würden einen Präzedenzfall schaffen, dessen Ausmaß nicht absehbar ist.

Für mich als Fritz Deutsch gelten nun die Kernsätze: Durch die Machenschaften der Treubankanstalt, einiger Mitglieder in der Führung, wurde die Bundesrepublik Deutschland zur Bananenrepublik. Durch die Machenschaften der anderen Behörden, z. B. der Justiz, im Zusammenhang mit der Treubankanstalt, einer Tochter des Bundesfinanzministeriums, dies immer unter dem Deckmantel der Amtshilfe oder der Korruption, wurde die Bundesrepublik Deutschland zu einem Schurkenstaat. Jetzt konnte ich auch die Aussage der Staatsanwältin aus München begreifen: "Herr Deutsch, in Würzburg werden Sie nie Recht erhalten." Wie in jedem normalen Kriminalfall versuchten auch in der CAMAC-Affäre die Täter ihre Spuren zu verwischen und Verfolger von der Untersuchung abzuhalten. Dies mit allen Mitteln, koste es, was es wolle. Deshalb mussten meine ERAL-Firmen, mein gesamtes Familienvermögen und meine berufliche Ehre sterben.

Etwas ungeduldig bemühte ich mich um die Analyse des Kaufvertrages zwischen der Treubankanstalt und den Käufern. Da entdeckte ich das Schreiben der Rechtsanwaltvertretung Driste aus München. Diese schrieb am 29.12.1995 an das Landgericht München II im "Fall Konzernhaftung der CAMAC GmbH" (Geschäftsnummer 7T 7745/95): Die Antragstellerin (BvS), die mit dem Privatisierungsvertrag vom 25.5.1992 die Aktien bzw. Geschäftsanteile der CAMAC AG Pumpen und Verdichter bzw. deren Tochtergesellschaften an die Antragsgegnerin und deren Gesellschafter verkaufte, war niemals Eigentümerin von Grundbesitz aus dem Bereich der Gesellschaften der CAMAC-Gruppe. Dieses Schreiben bestätigt sogar, im Auftrag der BvS, dass Tochterfirmen mit Immobilien widerrechtlich in der Schweiz verkauft wurden. Die Treubankanstalt, nicht wie genannt die spätere BvS, führte die Immobilien nicht gesetzmäßig an die Alteigentümer zurück. Mit dem juristischen Trick, nicht Eigentümerin der Immobilien gewesen zu sein, hängte man den Käufern die Alleinschuld am Verkauf der Immobilien an, obwohl man doch im Kaufvertrag diese Immobilien für den Aufbau und Verzehr zur Stärkung der privatisierten Firma ausdrücklich festlegte. Eine wahrhaft skrupellose Gesellschaft.

Jetzt nahm ich mir den Kaufvertrag vom 25.5.1992, geschlossen beim Notar in Basel, vor. Diese Urkunde - Nr.: Not. Prot. 51/1992 - war eine wahre Fundgrube dafür, wie man Verträge im Ausland macht. Bekanntlich müssen alle Verträge über Grundbesitz in Deutschland auch beim Notar in Deutschland erstellt werden. Dies auch wegen der anfallenden Grunderwerbssteuer. Jeder andere Vertrag, z.B. im Ausland geschlossen, ist nichtig. Oder etwa doch nicht? Man hatte ja Aktien verkauft, keine Immobilien. Hatte dieser Kaufvertrag auch eine Eingangsbestätigung der Treubankanstalt? Ja, tatsächlich.

Schon das Deckblatt der Urkunde des Notars ziert die Registrierung: 439 THA-Nr. 3529 - Syst.-Nr. 11810 U 1 SM Als Verkäuferin trat auf: Lacky Luck, ausgewiesen durch seinen Personalausweis (DDR) A 034, handelnd nicht in eigenem Namen sondern gemäß dieser Urkunde beigehefteter Vollmacht vom 22.5.1992, für die Treubankanstalt, Leipziger Strasse 5-7, O-1080 Berlin. Für meinen Rechtsanwalt erstellte ich wunschgemäß eine Zusammenfassung der festgestellten Fakten um den notariellen Kaufvertrag vom 25.5.1992:

a) Notarvertrag in der Schweiz angefertigt, schweizerisches Recht;
b) Nichteinhaltung der THA-Dienstvorschrift für den Verkauf;
c) beglaubigte Abschrift ohne Anlagen 1 bis 9;
d) beglaubigte Abschrift ohne THB-Vollmachtsurkunde;
e) AG-Grundkapital DM 100.000.- / Immobilien DM 100.000.000.-;
f) dingliche Übertragung:
   1. CAMAC übergibt Beteiligungsfirmen
   2. Verkäuferin übergibt die CAMAC;
   3. § 3 VermG / Weg zur Rechtssicherheit;
g) Wirksamkeit des Vertrages / rückwirkend am 31.12.191, 24.00 Uhr;
h) der Käufer stellt eine Bankbürgschaft über den Betrag von DM 7,5 Mio.; die Verkäuferin vergisst die Einlösung der Bankbürgschaft;
i) der Käufer zahlt die Anzahlung DM 9.125.004.- aus den Firmenkassen an die Verkäuferin (dadurch Zahlungsunfähigkeit);
j) der Käufer zahlt wieder DM 10.075.493,70 aus den Firmenkassen an die Verkäuferin;
k) die Verkäuferin hat ein ausdrückliches Rücktrittsrecht und tritt nicht vom Vertrag - nach Kenntnissen - zurück (Rückentwicklung);
l) Immobilienliste Anlage 3; Verkaufsgegenstand -alle-;
m) Immobilienliste Anlage 8; Verkaufsgegenstand § 3 VermG;
n) Immobilienliste Anlage 9; bleibt bei der Verkäuferin;
o) der Käufer hat keine Verpflichtung die Bürgschaften zu löschen;
p) der Käufer beachtet nicht die Spekulationsklausel, die Verkäuferin reagiert nicht, kein Vertragsrücktritt;
q) der Käufer hält sich nicht an die Arbeitsplatzsicherung, die Verkäuferin reagiert nicht, kein Vertragsrücktritt;
r) der Käufer hält sich nicht an die Investitionszusage, die Verkäuferin reagiert nicht, kein Vertragsrücktritt;
s) der Käufer hält sich nicht an die vereinbarte Betriebsstandortnutzung bis Ende 1995, die Verkäuferin reagiert nicht, kein Vertragsrücktritt;
t) die Verkäuferin gründet eigene Betriebsfirmen für das Restpersonal und übernimmt später die Alt-Geschäftsführer;

u) die Verkäuferin behält sich Immobilien für eine Rückübertragung,
   Anlage 9, vor, Verfügungsermächtigung aus Aktienverkauf;
v) der Vorstand der Verkäuferin genehmigt den Gesamtvertrag.

Und wer hatte in dieser Zeit die Verantwortung bei der Treubankanstalt? Die Leitung hatte die altbekannte Präsidentin Brit Braul. Später machte sie sich auch noch mit dem Geldgrab EXPO 2000 in Hannover einen negativen Namen. Unser Altbundeskanzler Dr. Kraut hatte immer ein gutes Händchen bei der Auswahl seiner engsten Mitarbeiter und Vertrauten.

Oder gibt und gab es im System eine besondere Methode für eine besondere Finanzmittelbeschaffung? Der hessische Parteispendenskandal, DM 50 Mio. aus der Schweiz für die Partei CDU in 1998, angeblich Spenden jüdischer Bürger, ist noch immer nicht völlig aufgeklärt worden.

Nachdem ich jetzt die Machenschaften um die CAMAC AG aufgeklärt hatte, fragte mich meine Anna nach den Informationen und Unterlagen über die Käuferfamilien vom Tegernsee. Doch ich wollte zuerst noch die Informationen über die Aktivitäten der Käufer beim Verkauf der Immobilien in Zwickau sammeln. Denn die Immobilien der ehemaligen Firma Zwickmasch GmbH haben einen direkten Bezug zu meinen ERAL-Firmen. Aus diesen Gründen musste die Firma Zwickmasch GmbH sterben.

Nach Sammlung der mir vorliegenden Fakten erstellte ich wieder eine Zusammenfassung, auch für eventuell geschädigte Alt-Eigentümer aus Zwickau, denn über diese liegen Unterlagen in den Akten. Eine Fundgrube für Suchende. Ich wollte jetzt alles wissen.

Positionen aus der Aktenlage:

1. Die Treubankanstalt hat am 22. Mai 1992 gegen die allgemeinen Regeln, in Basel, Schweiz, bei einem Notar den CAMAC Konzern und die Grundstücke verkaufen lassen. Auf Seite 2 wurde festgehalten: Diese Form der Übertragung der CAMAC nebst ihren Beteiligungsgesellschaften wurde gewählt, um hinsichtlich der restitutionsbefangenen Beteiligungsgesellschaften mittels Durchführung der Verfahren gem. § 3a VermG in kurzer Zeit eine Rechtssicherheit herbeizuführen. Auf Seite 15 wurde festgehalten: Dieser Vertrag steht unter der aufschiebenden Bedingung der Genehmigung durch den Vorstand der Treubankanstalt.

2. Ende 1994 waren alle CAMAC-Betriebsfirmen in Konkurs gegangen. Die Treubankanstalt/BvS gründete neue Nachfolgefirmen (ohne Immobilien).

3. Den Alt-Eigentümern (bekannt) wurde am 12.10.1994 durch die Stadt Zwickau mitgeteilt (Seite 4): "Hierbei war einerseits zu berücksichtigen, dass der Antragsteller (Käufer der CAMAC) bereits erhebliche Mühe und Kosten für den Erwerb des Grundstückes aufgewendet hat und das

Gesamtkonzept der CAMAC-Unternehmensgruppe die Einbeziehung des streitgegenständlichen Grundstücks dringend erforderlich macht".

Fakten jedoch: Die CAMAC Unternehmensgruppe hat die Grundstücke letztlich nicht bezahlt, die CAMAC Unternehmensgruppe hatte keine Betriebsfirmen mehr: Die CAMAC Unternehmensgruppe wollte die Grundstücke verkaufen.

4. Die CAMAC Unternehmensgruppe hat schon in 1994 die Auflassungen beantragt und in 1995 alle Grundstücke - profitabel - verkauft. (Alle Kaufverträge liegen in Kopie vor.)

5. Ihnen (Alt-Eigentümern) wurde am 12.10.1994 durch die Stadt mitgeteilt (Seite 4), die Enteignung aufgrund des Befehls Nr. 124 und 64 der Sowjetischen Militäradministration stelle Eigentumsentzug auf besatzungs rechtlicher bzw. besatzungshoheitlicher Grundlage dar.

Fakten jedoch: Die Sowjetunion hat dieser Auslegung der Wiedervereinigung widersprochen. In Deutschland und in der USA gibt es Interessensgemeinschaften von Rechtsnachfolgern, welche noch immer der Darstellung der Bundesregierung widersprechen, im Petitionsausschuss des Bundestages laufen derzeit noch die Anträge anderer Rechtsnachfolger.

Der Europäische Gerichtshof in Straßburg verurteilte die Enteignung im Januar 2004!

6. Die Präsidentin der Treubankanstalt hat am 6.11.1991 dem Grundbuchamt in Zwickau die Eintragung der festgestellten Zuordnung nach dem Vermögenszuordnungsgesetz Aktenzeichen: PZ/1172-91/74 Zwickauer Zwickmasch GmbH mitgeteilt. Begründung: Es gäbe keine Hinweise auf Berechtigte im Sinne der 5. DVO zum Treuhandgesetz.

7. Am 2.12.1994 schrieb Geschäftsführer Körner von der CAMAC Unternehmensverwaltung an die Treubankanstalt, Direktorat VM 1:

"Ich bin uneingeschränkt bereit, mit Ihnen über die Rückgabe aller von der Treubankanstalt erworbenen Grundstücke zu verhandeln."

8. Das Schreiben der Rechtsanwaltvertretung Driste aus München. Diese schrieb am 29.12.1995 an das Landgericht München II im "Fall Konzernhaftung der CAMAC GmbH" (Geschäftsnummer 7T 7745/95):

Die Antragstellerin (BvS), die mit dem Privatisierungsvertrag vom 25.5.1992 die Aktien bzw. Geschäftsanteile der CAMAC AG Pumpen und Verdichter bzw. deren Tochtergesellschaften an die Antragsgegnerin und deren Gesellschafter verkaufte, war niemals Eigentümerin von Grundbesitz aus dem Bereich der Gesellschaften der CAMAC-Gruppe.

Jetzt wurde mir die Rolle des Oberbürgermeisters aus Zwickau in der ganzen Größe klar. Darum konnte er sich im Dezember 1994 nicht mehr an die in Konkurs befindliche Firma Zwickmasch GmbH erinnern. Seine Behörde arbeitete bei der Beseitigung des Grundstückes mit der Treubankanstalt zusammen. Dies mit dem Ziel, den Aufbau der Residenzanlage auf dem Grundstück, dies mit Finanzmittel der Sächsischen Aufbaubank, durchzuziehen; Arbeitsplätze hin oder her. Ob der Oberbürgermeister oder im weiteren Sinne seine Familie eine Residenz-Eigentumswohnung "gekauft" hat? Einige mir bekannte Namen hatte ich anlässlich einer Besichtigung in 1999 auf den Türschildern schon gefunden.

Anna ließ mir schon seit Tagen keine Ruhe mehr. Sie wollte endlich wissen, was aus den Käuferfamilien geworden sei. Sie wollte wissen, ob es noch ein einklagbares Vermögen bei diesen gierigen, kriminellen Menschen gäbe. Was wurde im Konkursverfahren der CAMAC GmbH aus den Käuferfamilien Körner und Noppel vom Tegernsee? Ich tauchte wieder in meine Aktenordner ein und versuchte die Fragen meiner Anna zu beantworten. Wie immer, eine einzige, unglaubliche Kriminalgeschichte.

Beim Amtsgericht in Miesbach, Region Tegernsee, wurde die Akte CAMAC GmbH im Konkursverfahren geführt. Dieses Amtsgericht beauftragte auch meinen "Nothelfer" Dr. Birkel mit dem Konkursantragsverfahren.

Damit eine gewisse Übersicht dargestellt werden kann, erstellte ich eine Zusammenfassung über die Partei Noppel. Eine Zusammenfassung nach dem Motto: Wie drehe ich meinen Gläubigern und dem Staat Bundesrepublik Deutschland eine Nase.

Fakten nach Zeitdaten:

21.12.1995 notarieller Ehegattenübergabevertrag
Noppel Vermögensverwaltungs KG, Komplementär

26.12.1995 Herr Noppel verstorben, Herzinfarkt

20.02.1997 notarielle Erbvereinbarung; Rose Noppel wird Alleinerbin, Noppel Vermögensverwaltungs KG geht an Frau Rose Noppel, Summe Aktiva DM 850.259,74; 2 Kinder erhalten eine Einmalabfindung in Höhe von DM 405.000.-

18.09.1997 Amtgerichtsbeschluss: Herr Prall wird Nachlasspfleger

22.09.1997 Deutsche Bank zeigt Nachlasswert an: DM 210,331,83 als 50% Anteil

28.09.1997 Herr Prall stellt in Betracht: Straftat § 283 StGB, Beihilfe und Beteiligung der Frau, sittenwidriges Rechtsgeschäft nach § 138 BGB

09.10.1997 Rechtsanwalt informiert: Wenige Wochen vor seinem Tode wurde Ehefrau Alleinerbin. Klage über DM 26 Mio. aus persönlicher Konzernhaftung. Zu Lebzeiten sämtliche Beteiligungen veräußert, sämtliche Guthaben der Ehefrau zu Lebzeiten vermacht. Schenkung des Familienheims.

09.10.1997 Deutsche Bank gibt bekannt: Herr Noppel hat eine VENTUR, Vermögensanlage GmbH in Düsseldorf.

16.10.1997 Herr Prall gibt bekannt: Herr Noppel hatte THA-Grundstücke im Wert von DM 70 Mio. Es gibt eine Klage von DM 26,3 Mio. Der Betrag von DM 7 Mio. habe "Füße bekommen." Die Gesellschaften wurden am 20.12.1995 unentgeltlich veräußert.

29.10.1997 Herr Prall gibt bekannt: Die Schweizer Bankgesellschaft halte DM 2.286.590.- in Besitz. Diese sind - ohne Erbschein - am 31.12.1995 im Besitz von Frau Noppel. 50% Beteiligung an 7 Firmen am Todestag. Ohne Legitimation wurden 5 Firmen verkauft. Es gibt Nachlassgegenstände von ca. 3 Mio.

06.11.1997 Das niederländische Testament vom 10.12.1995 von Herrn Noppel wird für ungültig erklärt. Vertrag vom 20.02.1997 steht. Frau Noppel ist Alleinerbin.

27.11.1997 Herr Prall findet am 13.11.1997 keinen Nachlass mehr vor. Die Konten, die Depots wurden am Todestag des Ehemannes von der Ehefrau übernommen.

10.05.1998 Herr Prall gibt DM 35.000.- vom Guthaben gegen Rechnung frei.

05.03.1998 Amtsgericht Miesbach gibt das Gutachten über die Erbfolge bekannt: 3 x 3/10 und 2/25 und 1/50

21.09.1999 Beim Landgericht München II wird die Klage von Herrn Weite/BvS abgewiesen. Keine Haftung für die Käufer.

21.09.2000 Ich, Fritz Deutsch, stellte beim Amtsgericht Anzeige auf Nachlass Noppel.

20.10.2000 Herr Prall gibt bekannt: Mittellosigkeit des Nachlasses. Der Erblasser habe alle Werte an seine Frau abgetreten. Zum Todestag gab es keine Gesellschaftsanteile. Die beweglichen Gegenstände wurden zu Lebzeiten abgetreten.

13.12.2000 Das Oberlandesgericht München verurteilt im Berufungsverfahren zur Zahlung von DM 6 Mio. an Weite/BvS.

06.02.2001 Der Rechtsanwalt von Frau Noppel informiert: Der Antrag auf Erbschein wird zurückgezogen.

22.03.2001 Das Amtsgericht Miesbach hebt die Pflegschaft Noppel auf.

28.03.2001 Frau Rose Noppel schlägt die Erbschaft aus dem Nachlass aus.

07.06.2001 Herr Weite beantragt den Erbschein aus dem Nachlass von Herrn Noppel. Dies ohne Frau Rose Noppel.

17.11.2001 Herr Prall informiert: Es wurden für DM 1 Mio. Gläubiger befriedigt.

Resümee: Frau Rose Noppel hat das gesamte Vermögen ihres Mannes vor seinem Todestag übernommen und die zwei Kinder abgefunden. Das Bargeld in der Schweiz und in Deutschland in Höhe DM 2.286.590.- und

DM 850.259,74 hat sie ohne einen Erbschein von der Bank erhalten. Als das Oberlandesgericht gegen den Nachlass des Herr Noppel entschied, hat Sie die Erbschaft abgelehnt. Sie hatte alles schon zur Seite gebracht.

Wo waren die Behörden, die Gesetze und das Recht? Wo blieb das öffentliche Interesse der Staatsanwaltschaft? Meine Anna verstand die Welt nicht mehr. Die Behörden begleiteten die Privatisierung der CAMAC AG buchstäblich von der Wiege bis zur Bahre.

Ca. 40 Firmen wurden zur Beseitigung des Konzerns gegründet.

Ca. 100 Notarverträge wurden im Auftrag erstellt.

Welche Wertevernichtung.

Ca. DM 800 Millionen wurden bei der CAMAC AG vernichtet.

Ca. DM 20 Millionen wurden bei den ERAL-Firmen vernichtet.

Ca. DM 150 Millionen in der Schweiz, in Lichtenstein und auf den brit. Inseln versteckt.

Wer denkt an die tausenden Einzelschicksale, welche diese CAMAC-Affäre direkt und indirekt beeinflusste. Gibt es kein Schamgefühl mehr?

24. Der Nachruf auf die soziale Marktwirtschaft
Oder die Macht siegt über das Recht   (2003)

Der neue und wieder gewählte Bundeskanzler Gescheiter hält eine Ansprache an sein Volk, an die Bevölkerung der Bundesrepublik Deutschland.
Wir Deutsche sollen wieder stärker an den Staat denken. Seine geplanten Reformen sollen die Bundesrepublik Deutschland vom vorletzten Platz der Wirtschaftskraft wieder an die Spitze der Europäischen Union bringen. "Dies ist aber nur möglich auf der Basis der heutigen Zahlen und der geplanten Reformen. Sollte es jedoch im Irak Krieg geben, so könnte das angestrebte Ziel gefährdet sein." Eine schöne Rede.
Zur Zeit geht es mit der Bundesrepublik Deutschland weiterhin wirtschaftlich und gesellschaftlich bergab. Der derzeitige Zustand der Bundesrepublik ist erbärmlich und hat eine schreckliche Bilanz:
ca. 4,7 Millionen gemeldete Arbeitslose;
ca. 0,6 Millionen nicht gemeldete Arbeitslose;
ca. 40.000 Firmenkonkurse pro Jahr;
ca. 2 Millionen Personen befinden sich in der Schwarzarbeit;
ca. 100.000 Personen verlassen pro Jahr die Bundesrepublik Deutschland; das Sozialsystem der Krankenkassen und der Renten steht vor dem Zusammenbruch. Das Wirtschaftswachstum liegt bei 0,2 %. Man rechnet mit negativem Wachstum.
Eine Studie über die persönliche Wertschöpfung eines vergleichbaren Ingenieurs in den Ländern der USA, Japan und der Bundesrepublik Deutschland zeigt ein schlechtes Ergebnis. Der Ingenieur in der Bundesrepublik Deutschland behält an verfügbarem Einkommen pro Monat ein Drittel in den Händen. In den Ländern USA und Japan behält der Ingenieur zwei Drittel seines Monatseinkommen in den Händen. Dies bei vergleichbarer Kaufkraft, so die Studie.
Die Staatsquote der Bundesrepublik Deutschland beträgt zur Zeit ca. 48%. Jeder zweite Euro geht somit durch die Hände des Staates. Oder anders ausgedrückt: Die eine Hälfte der arbeitenden Bevölkerung arbeitet für die andere Hälfte der Bevölkerung. Die andere Hälfte macht Gesetze und Vorschriften und verwaltet die eine Hälfte. Die eine Hälfte der arbeitenden Bevölkerung wird durch die andere Hälfte geführt, kontrolliert und somit durch das Leben geführt.
Das Ergebnis und Beispiel dieser Situation und der derzeitigen Politik zeigt sich bei einer Abiturientenfeier. Ein Umfrage ergab, dass nur 10 % der Abiturienten ein naturwissenschaftliches Studium beginnen möchten. Die

restlichen 90% der Abiturienten möchten später in der Verwaltung oder im Sozialbereich arbeiten, dies mit Aufstiegsmöglichkeit in die Politik. Derzeit kommen über 65% der Abgeordneten im Bundestag aus dem Öffentlichen Dienst, also aus der Verwaltung und dem Sozialbereich.

Weiterhin leisten derzeit nur 5% der männlichen Abiturienten ihren gesetzlichen Wehrdienst ab. Hit der Ersatzdienstleistungen, wenn überhaupt nötig, ist die Altenpflege. Warum haben sehr viele Bürger den Eindruck, dass der eigene Staat geplündert wird und gleichzeitig der Staat seine Bürger plündert? Warum sucht man verzweifelt Moral und Werte beim anderen?

Es ist spät. Ich, Fritz Deutsch, stehe mit meiner Frau Anna am Arm vor der Michaeliskirche auf dem Schwanberg. Wir genießen den Sonnenuntergang in Richtung Würzburg. Unser Blick geht über das liebliche, friedliche Maintal. Den kommenden Frühling kann man faktisch spüren, greifen.

Anna ist sehr still geworden. Dann fragt sie mich leise: "Warum tun die Mitmenschen uns das an? Warum mussten wir unser gesamtes Vermögen verlieren? Was haben wir Unrechtes getan?" Ich kann darauf nur antworten: "Schon immer war die Gier nach Macht und Geld ein Wesenszug des Menschen, Mord und Todschlag an der Tagesordnung.

Wir leben in der Zeit der Mengenverschiebungen. Früher verlangte der König mit seinem Hofstaat 10% vom Einkommen der Bürger als Steuer. Der demokratische Staat mit seinen vielen Aufgaben verlangt vom Bürger derzeit ca. 60% vom Einkommen. Dazu kommen noch die indirekten Steuern. Ein Wahnsinn mit Methode. Der Bürger, auch in der Politik tätig, möchte weniger Steuern bezahlen und damit mehr Nettoeinkommen haben. Weiterhin möchte er reich an materiellen Werten sein. Da dies auf legalem Weg oftmals nicht möglich ist, versucht er auf Kosten anderer das Ziel zu erreichen. Diese Ziele, in Partnerschaft Macht und Geld zu bekommen, wird über die Korruption erreicht. Jeder gibt jedem etwas. Am Ende steht das gemeinsame Nichts. Doch daran denkt keiner."

Leider waren Anna und ich als Bürger und Unternehmer der Bundesrepublik Deutschland zur falschen Zeit am falschen Ort. Zu unserem Unglück war das Unrecht eine Verbindung mit den Kriminellen vom Tegernsee und der deutschen Justiz, korrumpiert durch die Politik, eingegangen.

Wir kämpften über 10 Jahre gegen die Staatsmacht ohne Recht.

Motto: Bürger Fritz Deutsch kämpft gegen die Mafia.

ENDE

Anlage 1

Schadensaufstellung aus der CAMAC/TBA-Aktion gegen den Bürger Fritz Deutsch

Stand: Ende 2003

Gesamtschaden*:   EUR **20.575.444,74**

Die Verursacher, die Täter, haften gegenüber dem Bürger Fritz Deutsch und seiner Familie gesamtschuldnerisch.

Für den Bürger Fritz Deutsch ergaben die Untersuchungen folgenden Beteiligungsgrad am Gesamtschaden*:

BRD-TBA-BvS	60%
Herr und Frau Körner	10%
Herr und Frau Noppel	10%
Dr. Weniger	5%
Dr. Dummer	5%
Dr. Bolzenmann	10%

*Der Gesamtschaden beinhaltet nur den berechneten Schaden beim Bürger Fritz Deutsch und seiner Familie.

Anmerkung: Einige der bekannt gewordenen Helfer waren sofort geständig. Ihnen wurde wunschgemäß verziehen.

Pressebilder und -Berichte

Das REAL Technikum in Zwickau auf dem Gelämder der Zwickauer Maschinenfabrik

MOBICON - die weltweit erste mobile
Gemischt-Kunststoff-Recyklinganlage

Fertigung der CONPLAST 1000

Nach Konkurs: Maschinenfabrik sucht Auswege

Muttergesellschaft beantragt Gesamtvollstreckung – Standort Olzmannstraße soll erhalten bleiben

(HUK). Die Zwickauer Maschinenfabrik steuert in eine ungewisse Zukunft. Thomas Möckel bestätigte gestern, daß die Muttergesellschaft, die in Gmund am Tegernsee beheimatete Comac Holding Pumpen und Verdichter GmbH & Co. KG, vor wenigen Tagen Konkursantrag gestellt hat. „Wir hoffen, daß dies keine negativen Folgen für uns hat", kommentierte er die jüngsten Ereignisse.

Möckel setzt darauf, daß sich die Gesamtvollstreckung vermeiden läßt und die 125 Beschäftigten auf dem Werksgelände in der Olzmannstraße nicht mit in den Konkursstrudel gerissen werden. Die Ursachen für die Zahlungsunfähigkeit sieht er in übrigen Betriebsteilen der Unternehmensgruppe. Die Comac ist ein Verbund aus mehreren Pumpen- und Verdichterunternehmen aus den Bundesländern Sachsen und Sachsen-Anhalt. Die Länder und die Treuhandanstalt würden derzeit verhandeln, um eine Gesamtvollstreckung zu vermeiden. Die Zwickauer Maschinenfabrik sei gerade „aus dem Dreck raus". Der Produktionsstandort in der Reichenbacher Straße wurde aufgegeben. Dort diktiert die Abrißbirne das Geschehen. Im Rahmen der Sanierungsarbeiten wurde die Produktion in die Olzmannstraße verlegt.

Die Konkursnachrichten treffen das Unternehmen in einer Zeit, in der es nach Meinung des Geschäftsführers mit seinen Produkten wieder Fuß faßt. Nach einem mißglückten Ausflug ins Geschäft mit Umweltcontainern konzentrieren sich die Maschinenbauer wieder auf ihre ureigenste Sparte, die Herstellung von Drehkolbengebläsen, Schrauben- und Prozeßgasdruckkompressoren. Defizite sieht Möckel noch im Bereich der Produktivität.

Auch IG-Metall-Chef Helmut Stachel hält eine Zwickauer Lösung für möglich, lehnt aber einen Vergleich wegen der damit verbundenen Lohneinbußen ab. Im übrigen sieht Stachel seine Befürchtungen gegenüber der Privatisierung bestätigt. Nach Meinung der IG Metall waren die Investoren mehr an den Immobilien als an der Produktion interessiert.

Über den Gebäuden an der Reichenbacher Straße kreist die Abrißbirne, Produktionshallen an der Olzmannstraße der Pleitegeier. Foto: Nötzold

Freie Presse Zwickau Ausgabe 30.8.1994

Traditionsbetrieb scheint gerettet

Treuhandanstalt gibt bekannt: Zwickauer Maschinenfabrik bleibt erhalten

(HUK). Die Zwickauer Maschinenfabrik (ZM) bleibt erhalten. Davon jedenfalls geht Geschäftsführer Thomas Möckel aus, obwohl die Verhandlungen der Banken und Treuhandanstalt noch nicht abgeschlossen sind. Wie jedoch das Unternehmen in Zukunft weitergeführt werden soll, darüber könne er im Moment noch keine Auskunft geben. Gleichwohl schließt der Firmenchef einen Vergleich nicht aus.

Mit seinem Optimismus steht Möckel nicht allein. Denn auch die Treuhandanstalt in Berlin bescheinigt dem Zwickauer Traditionsbetrieb gute Karten. Sie stützt sich dabei auf eine Studie der Roland Berger Unternehmensberatung, die den hiesigen Standort an der Olzmannstraße als sanierungsfähig eingestuft hat, wie eine Treuhandmitarbeiterin in Berlin gegenüber „Freie Presse" verlauten ließ.

Konkret heißt dies: Das Unternehmen „erhält die betriebsnotwendigen Grundstücke zurück." Darüber hinaus bemüht sich die Treuhand, Zugriff auf alle Firmengrundstücke zu bekommen, auch das am ehemaligen Standort an der Reichenbacher Straße. Dies gilt allerdings als ein äußerst schwieriges Unterfangen.

Die Zwickauer Maschinenfabrik ist einer von acht Betriebsstätten der Comac Holding Pumpen und Verdichter GmbH, die vor wenigen Tagen Antrag auf Gesamtvollstreckung gestellt hat („Freie Presse" berichtete am Dienstag).

Laut Treuhand hat die Comac inzwischen bei einigen ihrer Gesellschaften das operative Geschäft, sprich die Produktion, von den Grundstücken getrennt. Die Grundstücke gehören jetzt einer Comac Unternehmensverwaltungs GmbH und Co KG. Wie außerdem bekannt wurde, schulden die Investoren des 1992 privatisierten Betriebs der Treuhandanstalt noch einen Teil des Kaufpreises: rund sieben Millionen Mark.

Freie Presse Zwickau Ausgabe 4.9.1994

125 Arbeitsplätze der Maschinenfabrik in Gefahr

Immobiliengeier über Zwickau

Zwickau.(sti) Wieder wollen es alle vorher gewußt haben: Die Privatiseure der Zwickauer Maschinenfabrik waren nur auf die Immobilie aus. Da laufe der Deal immer auf die gleiche Art und Weise ab. Das Schema: Das Unternehmen wird privatisiert. Dabei werden zwei Unternehmen gebildet. Das eine kriegt die Arbeitskräfte und die Schulden, das andere die Häuser und die Grundstücke. Wenn die Zeit reif scheint, dann wird der Betrieb mit den Arbeitskräften durch Konkurs aufgelöst.

Übrig bleibt das Vermögen im anderen. Das ist die durchaus "praktische" Seite der Unternehmensform Gesellschaft mit beschränkter Haftung. Die Maschinenfabrik ist nur ein Beispiel in der Reihe, zu der beispielsweise auch die PGH-Metall und der Sachsenbau gehören. Noch ist nicht sicher, ob sich die 125 Arbeitsplätze beim traditionellen Pumpenhersteller retten lassen.

Die Rücknahme des Betriebes in Treuhandverwaltung bedeute keineswegs, daß damit ein Happy-End programmiert sei. Die Voraussetzungen für eine erfolgreiche Privatisierung sind nicht besser geworden. Denn, noch ist nicht sicher, ob der künftige Betrieb nicht am Ende Miete zahlen muß, in seinen eigenen Räumen, an die, die das Unternehmen in die Pleite geführt haben. Natürlich ist das alles streng legal. Das werden Rechtsanwälte sicher beweisen.

Zwickauer Lokal Anzeiger Ausgabe 7.9.1994

Bagger schaffen Platz für Neubau

Fabrik weicht Wohn- und Dienstleistungszentrum

Von unserem Redaktionsmitglied
Uwe Krasselt

Eine riesige Baulücke lenkt in der Reichenbacher Straße die Blicke der Passanten und Autofahrer auf sich. Nur wenige Gebäudereste erinnern an das ehemalige Werk eins der Zwickauer Maschinenfabrik GmbH (ZM).

Wann Baukräne die Abrißbirne verdrängen und vor allem wie das Gelände in Zukunft genutzt wird, darüber wollen die westdeutschen Investoren in Kürze detailliert informieren. Nur soviel wurde gestern bekannt: Die Eigentümer wollen auf der zentrumsnahen Fläche eine gemischte Bebauung mit Wohn- und Dienstleistungseinheiten verwirklichen, mit Praxen und Handelseinrichtungen in kleinerem Maßstab.

Ob sich das Projekt verwirklichen läßt, hängt auch von der Zustimmung der Kommune ab. „Eine Baugenehmigung liegt noch nicht vor", teilte Volker Lippmann, vom Bauordnungsamt, gestern mit. Ansonsten gab er sich wortkarg, aus datenschutzrechtlichen Gründen, wie er hinzufügte. Eine industrielle Nutzung wird es nicht mehr geben. Schon aus planungsrechtlichen Gesichtspunkten, wie die Stadtverwaltung informiert.

Von den Querelen um die Zwickauer Maschinenfabrik, für die am Freitag das Gesamtvollstreckungsverfahren eröffnet wurde und bei der zur Zeit ein Magdeburger Sequester das Sagen hat, ist das Projekt nicht betroffen.

Denn Grundstücke und produzierendes Unternehmen gehören nicht zu einer Firma. ZM ist in die Comac Holding Pumpen- und Verdichter GmbH & Co KG integriert und hat sich im vergangenen Jahr schon aus ihrem Werk Eins an die Olzmannstraße zurückgezogen.

Die Grundstücke wurden nach der Privatisierung des Unternehmens vom sogenannten operativen Geschäft, die Fertigung, getrennt. Eigentümerin ist seither die Comac Unternehmensverwaltung GmbH und Co KG.

Jede Menge Bauschutt erinnert an das ehemalige Werk eins der Zwickauer Maschinenfabrik in der Reichenbacher Straße. Hier wollen in naher Zukunft Investoren aus den alten Bundesländern einen Wohn- und Dienstleistungskomplex mit Praxen und Einkaufsmöglichkeiten bauen. Eine industrielle Nutzung wird es nicht mehr geben. Dagegen spricht die Nähe zum Stadtzentrum, die das Gelände für zukünftige Nutzer interessant mache.

Frankfurter wollen Industriebrache in Parkresidenz verwandeln

112 Millionen Mark teurer Wohn- und Bürokomplex auf ehemaligem Gelände der Maschinenfabrik geplant – Fertigstellung Ende 1995

(HUK). Zwei Frankfurter Steuerberater wollen der Reichenbacher Straße ein neues Gesicht geben. Auf dem rund 20.000 Quadratmeter großen Gelände eines ehemaligen Werksteiles der Zwickauer Maschinenfabrik planen sie einen Handels-, Büro- und Wohnkomplex. Kostenpunkt: Annähernd 112 Millionen Mark.

„Wir haben uns mit der Stadt über das Gesamtkonzept verständigt", teilte Klaus Peter Sauer, einer der beiden Projektväter anläßlich einer Besichtigung mit. Was jetzt noch fehlt, ist die Baugenehmigung. Doch die Planer sind optimistisch. Eine Bauvoranfrage sei positiv beschieden worden.

Mit einer Übersichtszeichnung unter dem Arm hatte sich Sauer gestern mit seinem Kompagnon Thomas Müller an Baggern und Bauschutthalden vorbei auf das staubige Gelände gewagt, um sich einen Überblick über den Stand der Abbrucharbeiten zu verschaffen. Wo vor kurzen noch Pumpen und Verdichter gebaut wurden, sollen schon in naher Zukunft Läden und Büroräume sowie Wohnungen entstehen. Bei der Namensgebung sind die beiden Frankfurter nicht kleinlich. Das Vorhaben läuft unter der stolzen Bezeichnung „Parkresidenz".

Seit Januar arbeiten die beiden an diesem Projekt, das in drei Bauabschnitte unterteilt ist. Zur Reichenbacher Straße hin sollen Büros und Läden integriert werden. Allein für gewerbliche Zwecke sind 7000 Quadratmeter Fläche vorgesehen. Dahinter schließen sich 270 Wohnungen an – mit Mietbindung, weil über die Sächsische Aufbaubank finanziert.

Unter dem ersten Baukomplex ist eine Tiefgarage mit 450 Stellplätzen für Beschäftigte, Bewohner und Kunden vorgesehen. Als zweiter und dritter Bauabschnitt runden an der Gutwasser-, Schering- und Parkstraße fünf ringförmig angeordnete Wohnbaublöcke, mit insgesamt 86 freifinanzierten Wohnungen nebst Tiefgaragen den Gesamtkomplex ab.

Für das Vorhaben wurde eine eigene Objektgesellschaft ins Leben gerufen, die Parkresidenz GmbH & Co. KG. Ihr gehört das frühere Comac-Grundstück. Als Geschäftsführer fungiert eine Architektin. Ein erheblicher Teil der dreistelligen Millioneninvestition kommt von der Sächsischen Aufbaubank. Den Rest steuerten verschiedene Banken bei, teilt Sauer mit. Anleger können sich an der Parkresidenz-Gesellschaft als Kommanditisten beteiligen.

An allen drei Bauabschnitten sollen die Arbeiten zum gleichen Zeitpunkt starten. Klappt alles wie geplant, könnte die Parkresidenz Ende nächsten Jahres fertiggestellt werden, hoffen Müller und Sauer.

112 Millionen Mark soll die Parkresidenz kosten, die zwei Frankfurter Rechtsanwälte und Steuerberater auf einem ehemaligen Werksgelände der Zwickauer Maschinenfabrik verwirklichen wollen. Foto: Mann

Freie Presse Zwickau v. 21.9.94

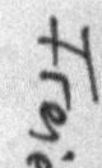

Kündigungen bei Maschinenfabrik

IG Metall rät zu Widerspruch – Gründung einer Auffanggesellschaft wahrscheinlich

(HUK). Allen Anschein nach wird die Zwickauer Maschinenfabrik weitergeführt. Wie gestern aus Gewerkschaftskreisen zu erfahren war, gehört der Zwickauer Standort zu den drei Betriebsstätten der in Gesamtvollstreckung befindlichen Firmengruppe Comac Holding Pumpen und Verdichterbau GmbH & Co. KG, an denen Auffanggesellschaften gebildet werden, die den Betrieb weiterführen. An den drei Orten sollen insgesamt 500 Mitarbeiter weiterbeschäftigt werden.

Inzwischen kristallisiert sich auch heraus, wer die Zeche dieser Firmenpleite bezahlen wird. Bei der IG-Metall haben sich mittlerweile rund 20 Beschäftigte gemeldet, die vor einer Woche mit ihren Papieren nach Hause geschickt worden waren. Bei der Gewerkschaft wird damit gerechnet, daß demnächst alle Beschäftigten die Entlassungspapiere bekommen.

Seitens der Comac-Führung würden die Betroffenen in drei Kategorien eingeteilt. Die erste Gruppe wurde am Freitag gekündigt, mit sofortiger Freistellung von der Arbeit. Ein Teil wird fristgerecht gekündigt ohne Freistellung, und der Rest bekommt die Kündigung mit einem Beschäftigungsangebot für die Auffanggesellschaft. Wieviele letztendlich in Zwickau weiterbeschäftigt werden, ist offen. Denn über die Verteilung der 500 Stellen auf die drei Auffanggesellschaften ist nichts bekannt.

Günther Glenk, zweiter Bevollmächtigter der IG Metall Zwickau, hält die ausgesprochenen Kündigungen für rechtswidrig. Grund: Der Betriebsrat wurde nicht angehört. Er habe deshalb empfohlen, dagegen Widerspruch einzulegen. Die Frist lief gestern ab. Daß es die Comac-Führung beim Aussprechen von Kündigungen mit den juristischen Voraussetzungen offenbar nicht so genau nimmt, zeigt sich auch in einem anderen Punkt. Bis Mitte dieser Woche lag beim Zwickauer Arbeitsamt keine Anzeige auf Massenentlassung vor, bestätigte Direktor Paul Lieber.

Freie Presse Zwickau Ausgabe 24.9.1994

Anlage 2

Romanvorlage:

Die vorhandenen Unterlagen in Auszügen und Informationen über die Treuhandanstalt (THA / BvS) im Fall COMAC AG / Zwickauer Maschinenfabrik GmbH.
Verdacht-Bemerkungen des Autors M. Hentschel sind kursiv gedruckt.
Geht es um Staatshehlerei?

01. NICHTBEACHTUNG der Ausschreibungsbedingungen Direktorat
U2 A . *VORSATZ.*

02. NICHTBEACHTUNG der Anforderungen an das vom Investor vor-
zulegende Unternehmenskonzept Direktorat U2 A. *VORSATZ.*

03. 25.05.1992 Kaufvertrag in Basel, Schweiz, bei Notar Roland Klein.
Aktienverkauf COMAC AG (Vorgang THA 3529) an die COMAC Unternehmensverwaltung GmbH in München, gekaufter Firmenmantel (Eta
Unternehmungsberatungsgesellschaft mbH) der Herren Gries und Noppert
95,0 %; Karl Erwin Gries 2,5 %; Klaas Noppert 2,5 %.

04. Verkäuferin: Werner Lucke, Pass: (DDR) A 0347172, **in Vollmacht der
Treuhandanstalt**, O−1080 Berlin.

05. Vorstandsmitglieder der COMAC AG: Dr. Siegfried Dommer (DDR)
RA 1652376 und Dieter Götte (DDR) J 1359151.

06. Präambel des Kaufvertrages: (… verpflichtet sich,) in den nächsten 3
Jahren DM 20 Mio. zu investieren, … bis zum 31.12.1994 1.200 Arbeitsplätze
zu sichern. Die dingliche Übertragung der COMAC und ihrer
Beteiligungsgesellschaften erfolgt zunächst im Wege der Übertragung der
einzelnen Tochter - GmbHs durch die COMAC auf die Käufer. Sodann
überträgt die Verkäuferin die COMAC auf die Käufer. Die schuldrechtliche
Grundlage der Übertragung der Beteiligungsgesellschaften durch die
COMAC stellt der nachfolgende Vertrag dar. Die COMAC erfüllt mit diesen
Übertragungen keine eigenen Verpflichtungen sondern nur solche der Verkäuferin. "Diese Form der Übertragung der COMAC nebst Beteiligungsgesellschaften wurde gewählt, um hinsichtlich der restitutionsbefangenen Beteiligungsgesellschaften mittels Durchführung der Verfahren gem. § 3a VermG

in kurzer Zeit eine Rechtssicherheit herbeizuführen." Der Verkauf erfolgt mit wirtschaftlicher Wirkung zum 31.12.1991, 24:00 Uhr, "Erwerbsdatum".

07. Das Grundkapital beträgt DM 100.000.-. Die Verkäuferin ist Alleingesellschafterin der COMAC und hält alle 2.000 Inhaberaktien im Nennwert von je DM 50.-.

08. Im Eigentum der COMAC und ihrer Beteiligungsgesellschaften befinden sich Grundstücke, die abschließend in der Anlage 3 zu diesem Vertrag aufgeführt sind. Gebäude sind darin nur insoweit gesondert aufgeführt, als diese einem gesonderten Gebäudeeigentum unterliegen.
*(Laut StBerater Dr. Vieler: **ca. DM 100.000.000.- an Schätzwert.**)*

09. *Eine Aktiengesellschaft mit einem Grundkapital von DM 100.000.– und einem Grundstückswert von ca. DM 100.000.000.- und mit einer THA-Entschuldung von DM 65.000.000.-, also Gesamtwert: DM 165.000.000.- (einhundertfünfundsechzigmillionen Deutsche Mark), wird für die Kaufsumme von DM 17.500.003.- in der Schweiz, nach schweizer Recht, an zwei Käufer ohne nennenswertes Eigenkapital von der deutschen Treuhandgesellschaft (THA) verkauft.*

10. Zahlung: Teilbetrag DM 10.000.000.- sowie Aushändigung einer selbstschuldnerischen Bankbürgschaft an die Verkäuferin in Höhe des Restkaufpreises von DM 7.500.000.- nebst 9% Zinsen mit einer Laufzeit bis 30.04.1993.

11. *Die Käufer nehmen im Juli 1992 den Betrag von DM 9.125.004.- aus den Barmitteln der COMAC-Firmen und zahlen an die Verkäuferin den Teilbetrag. DULDUNG des Vorganges durch die Verkäuferin THA. Konkurssituation innerhalb des COMAC-Konzerns.*

12. *Nach dem Kauf der COMAC AG erstellt die Bank eine Bürgschaft über DM 7,5 Mio. für die Verkäuferin. Die Verkäuferin, THA, Berlin, vergisst diese Bürgschaft einzulösen !! VORSATZ ?*

13. *Die Käufer nehmen am 04.05.1993 aus den Firmenkassen wieder die Barmittel in Höhe von DM 10.075.493,70 und bezahlen den Restkaufpreis an die Verkäuferin. Duldung des Vorganges durch die Verkäuferin THA. Konkurssituation innerhalb der Firmen.*

14. *Die Käufer zahlten den Kaufbetrag über DM 17,5 Mio. aus den gekauften Firmenkassen. Die Käufer selbst zahlten nichts. Zusätzlich hat die Verkäuferin für die Verbindlichkeiten der COMAC gegenüber verschiedenen Gläubigern Bürgschaftserklärungen abgegeben.*

15. **Die Spekulationsklausel** des Kaufvertrages sagt: Sofern und sobald die Gesellschaft die in der Anlage 3 zu diesem Vertrag aufgeführten Grundstücke vor dem 1. Januar 1997 ganz oder teilweise veräußert, längerfristig, d. h. für mehr als 5 Jahre, vermietet, verpachtet, verleast oder einem Erbbaurecht unterstellt, ist jeweils eine Nachbewertung des hiervon betroffenen Teils des Grund und Bodens durchzuführen. Das Gleiche gilt für den Fall eines Verkaufes von insgesamt mehr als 75 % der Gesellschaftsanteile von Unternehmen, die Eigentümer eines der in Anlage 3 bezeichneten Grundstücke sind.
Die Käufer haben schon im Oktober 1992 die Firmen umgebaut, getrennt, verkauft, zusammengeschlossen. Die Käufer haben schon in 1993 die ersten Grundstücke verkauft. Die Käufer hatten bis 1997 alle Grundstücke und Firmen verkauft. DULDUNG der Vorgänge durch die Verkäuferin THA. Die Verkäuferin gab in 1994 der Presse darüber Informationen. Die Verkäuferin kündigte nie den Kaufvertrag auf, verlangte nie Schadenersatz.

16. **Die Arbeitsplatzsicherung** im Kaufvertrag sagt: Die Käufer verpflichten sich, in den Unternehmen der COMAC bis zum 31.12.1993 mindestens 860 Vollarbeitsplätze einschließlich Auszubildender ständig zu besetzen. Die Parteien stimmen überein, dass vorgenannte Verpflichtung ein wesentlicher Faktor für das Zustandekommen des Vertrages war. Sie vereinbaren daher eine Vertragsstrafe, sofern die Käufer diese Verpflichtung nicht oder nicht vollständig erfüllen.
Die Käufer haben durch den Entzug der Barmittel im Juli/August 1992 die Konkurssituation geschaffen. Die Verkäuferin hatte damit ihr eigenes Geld (heraus-) zurückgenommen. Die Käufer haben schon in 1993 Entlassungen vorgenommen und in 1994 Konkurs(e) angemeldet. Duldung der Vorgänge durch die Verkäuferin THA. Die Verkäuferin hatte eine Vertragsstrafe nie durchgesetzt.

17. Die **Investition** im Kaufvertrag sagt: Die Käufer stehen dafür ein, dass die gemäß dem in Anlage 1 aufgeführten Unternehmenskonzept (Seite 17) vorgesehenen Investitionen in Höhe von insgesamt DM 20 Mio. bis zum 31.12.1995 in den einzelnen Gesellschaften der COMAC vorzunehmen und

dort zu belassen sind. Im Falle der teilweisen oder vollständigen Nichterfüllung der vorgenannten Investitionszusage verpflichtet sich der Käufer zur Zahlung einer Kaufpreiserhöhung in Höhe von 25 % des die Summe von DM 20 Mio. unterschreitenden Betrages.
Die Käufer haben keine einzige DM investiert. Die Käufer haben von der Verkäuferin zusätzlich Beratungshonorare und Aufbausubventionen erhalten. Duldung der Vorgänge durch die Verkäuferin THA. Die Verkäuferin hat zu keiner Zeit eine Vertragsstrafe über DM 5 Mio. gestellt.

18. Den **Alteigentümern** der Grundstücke in Zwickau, Rechtsnachfolger der Fa. Eduard Beyer Dampfziegelei Zwickau, wurde am 12.10.1994 durch die Stadt Zwickau mitgeteilt, "hierbei war einerseits zu berücksichtigen, dass der Antragsteller bereits erhebliche Mühe und Kosten für den Erwerb des Grundstückes aufgewendet hat und das Gesamtkonzept der COMAC-Unternehmensgruppe die Einbeziehung des streitgegenständlichen Grundstücks dringend erforderlich macht".
Fakt jedoch: Die Käufer hatten die Grundstücke nicht bezahlt. Die Käufer hatten keine Betriebsfirmen mehr. Die Käufer hatten mit dem Verkauf der Grundstücke schon begonnen. Die Käufer hat schon in 1994 die Auflassung beantragt und in 1995 alle Grundstücke - profitabel - verkauft. Duldung der Vorgänge durch die Verkäuferin THA.

19. Den Alteigentümern der Grundstücke in Zwickau, Rechtsnachfolger der Fa. Eduard Beyer Dampfziegelei Zwickau, wurde am 12.10.1994 durch die Stadt Zwickau mitgeteilt, "die Enteignung aufgrund des Befehls Nr. 124 und 64 der Sowjetischen Militäradministration stellt den Eigentumsentzug auf besatzungsrechtlicher bzw. besatzungshoheitlicher Grundlage dar".
Fakt jedoch: Die Sowjetunion hat dieser Auslegung nach der Wiedervereinigung widersprochen. Im Petitionsausschuss des Bundestages laufen zu dieser Zeit noch Anträge von anderen Rechtsnachfolgern. Der Europäische Gerichtshof für Menschenrechte in Straßburg verurteilte diese Enteignung - Großgrundbesitz - am 22.01.2004. VORSATZ. Duldung der Vorgänge durch die Verkäuferin THA.

20. **Die Präsidentin der Treuhandanstalt** hat am 06.11.1991 dem Grundbuchamt in Zwickau mitgeteilt, "Eintragung der festgestellten Zuordnung nach dem Vermögensordnungsgesetz Aktenzeichen PZ / 1172−91/743 Zwickauer Maschinenfabrik GmbH" Begründung: Es gibt keine Hinweise auf Berechtigte im Sinne der 5. DVO zum Treuhandgesetz!
VORSATZ bei dem Vorgang durch die Verkäuferin THA.

21. Am 02.12.1994 schrieb der Geschäftsführer Gries der COMAC UV GmbH an die Treuhandanstalt - Direktorat VM 1, Berlin: "Ich bin uneingeschränkt bereit, mit Ihnen über die Rückgabe aller von der Treuhand erworbenen Grundstücke zu verhandeln."
Fakt jedoch: Es gab keine Verhandlungen. Auch war eine Rückgabe, durch den teilweisen Verkauf der Grundstücke, nicht mehr möglich. Duldung der Vorgänge durch die Verkäuferin THA.

22. **Die BvS-Rechtsanwaltsvertretung DROSTE**, München schrieb am 29.12.1995 an das Landgericht München II (Geschäfts-Nr. 7 T 7745/95) in der Angelegenheit "Konzernhaftung bei der COMAC Holding-Pleite": "Die Antragstellerin (THA), die mit dem Privatisierungsvertrag vom 25.05.1992 die Aktien bzw. Geschäftsanteile der COMAC AG Pumpen und Verdichter bzw. deren Tochtergesellschaften an die Antragsgegnerin und deren Gesellschafter verkaufte, war niemals Eigentümerin von Grundbesitz aus dem Bereich der Gesellschaften der COMAC-Gruppe."
Fakt also: Vorsatz und Hehlerei beim Kaufvertrag in Basel durch die Verkäuferin THA. Siehe Positionen 06. bis 21.

23. **Änderung des Firmeninhaltes** bei der Zwickauer Maschinenfabrik GmbH, sie wurde zur Verwaltungsfirma. Es erfolgte eine Betriebsaufspaltung. Die bestehende Zwickauer Machinenfabrik GmbH (HRB 1026) wurde durch eine außerordentliche Gesellschafterversammlung am 08.10.1992 zur **Zwickauer Maschinenfabrik Verwaltungs GmbH** (HRB 1026) geändert. Diese Änderung wurde am 02.03.1993 in das Handelsregister eingetragen. Die Zwickauer Maschinenfabrik Verwaltungs GmbH gründete am 08.10.1992 als Kommanditistin zusammen mit den Käufern Gries und Noppert als weitere Kommanditisten und der COMAC Projekt und Dienstleistungs GmbH, Halle, als Komplementärin die **COMAC Projekt und Dienstleistungs GmbH & Co. Grundstücksverwaltungs Kommanditgesellschaft Zwickau.** Die **Zwickauer Maschinenfabrik Verwaltungs GmbH**, Zwickau übernahm von den gesamten Kommanditeinlagen in Höhe von DM 20.000.- einen Anteil von DM 19.000.- und verpflichtete sich darüber hinaus, eine nicht als Hafteinlage in das Handelsregister einzutragende Sacheinlage in Form von Grundvermögen einschließlich aufstehender Gebäude zu erbringen; eingebracht wurden außerdem die mit den Gebäuden fest verbundenen Einrichtungen und Anlagen, wir verweisen auf TZ 23 und TZ 10E. Die Kommanditeinlage ist in voller Höhe einbezahlt.
Duldung der Vorgänge durch die Verkäuferin THA.

24. Gründung einer neuen Betriebsfirma ohne Immobilienvermögen.
Die Gesellschaft COMAC Unternehmensverwaltung GmbH hat mit
notarieller Urkunde vom 08.10.1992 eine Gesellschaft mit beschränkter Haf-
tung unter der Firma Zwickauer Maschinenfabrik i. Gr., Zwickau
(HRB 7743) errichtet. Die Stammeinlage von DM 50.000.- wurde von der
Gesellschaft als Bareinlage in voller Höhe erbracht.
Mit Vertrag vom 14.12.1992 übereignete die Zwickauer Maschinenfabrik
Verwaltungs GmbH, Zwickau,
- das gesamte Anlage- und Umlaufvermögen, einschließlich fertiger und
halbfertiger Erzeugnisse und Arbeiten gemäß Inventar der Verkäuferin vom
30.12.1992 an die Zwickauer Maschinenfabrik GmbH i. Gr., Zwickau.
Ausgenommen hiervon sind Beteiligungen der Verkäuferin an anderen Unternehmen, auch soweit diese sich noch im Gründungsstadium befinden, sowie
etwaige Forderungen der Verkäuferin gegen die Gesellschafterin, die
COMAC Unternehmensverwaltungs GmbH, München;
- alle sonstigen Vermögensgegenstände, Forderungen und aktiven
Rechnungsabgrenzungsposten zum 30.12.1992, mit Ausnahme der oben
ausgenommenen Vermögenspositionen;
- sämtliche Unterlagen über den zum 30.12.1992 bestehenden Kundenstamm
der Verkäuferin zur weiteren Verwertung durch die Käuferin;
- sämtliche anhängigen Aktivprozesse und Forderungen der Verkäuferin
zum 30.12.1992;
- sämtliche Patente, Warenzeichen, Gebrauchs- und Geschmackmuster,
Urheberrechte und ähnliche Rechte der Verkäuferin zum 30.12.1992;
- einen etwaigen Geschäftswert der Verkäuferin.
Der Übergang des Eigentums der genannten Kaufgegenstände erfolgt mit Ablauf des 30.12.1992.
Der Kaufpreis entspricht dem Buchwert der Kaufgegenstände zuzüglich der
gesetzlichen Umsatzsteuer, als Entgelt wurde die Übernahme von
Verbindlichkeiten in Höhe des Kaufpreises vereinbart.
Die Bewertung der Vermögensgegenstände und Verbindlichkeiten erfolgt
zum Buchwert. Der Wert der übertragenen Vermögensgegenstände war
höher als die übernommenen Schulden, für den Differenzbetrag wird ein
Kaufpreis geschuldet, wir verweisen auf TZ 20E.
Die Übertragung der Verbindlichkeiten und vertraglichen Verpflichtungen
wurde mit wirtschaftlicher Wirkung vom 30.12.1992 vereinbart.
Der rechtliche Übergang erfolgt erst mit Genehmigung der Schuldnerwech-
sel durch die Gläubiger oder nach deren Befriedigung.
Damit hatte die Zwickauer Maschinenfabrik Verwaltungs GmbH
alle Betriebsverpflichtungen abgegeben. Und dies zum Nulltarif.

Alle REAL-(Kunden) Vorgänge wurden auch mit übergeben. Duldung der Vorgänge durch die Verkäuferin THA.

25. Verschmelzung der Gesellschaft Zwickauer Maschinenfabrik Verwaltungs GmbH. Mit notarieller Urkunde vom 09.12.1992 hat die Zwickauer Maschinenfabrik Verwaltungs GmbH, Zwickau, mit der COMAC Unternehmensverwaltung GmbH, München, einen Verschmelzungsvertrag abgeschlossen. Demnach überträgt die Gesellschaft mit der Zwickauer Maschinenfabrik Verwaltungs GmbH ihr Vermögen als Ganzes mit allen Rechten und Verbindlichkeiten unter Ausschluss der Abwicklung im Wege der Verschmelzung durch Aufnahme gemäß §§ 19 ff. des Gesetzes über die Kapitalerhöhung aus Gesellschaftsmitteln und die Verschmelzung von Gesellschaften mit beschränkter Haftung (KapErhG), auf die Firma COMAC Unternehmensverwaltungs GmbH mit Sitz in München. Im Innenverhältnis beider Gesellschaften erfolgt die Übertragung des Vermögens mit Ablauf des 31.12.1992. Die Gesellschafterversammlung hat mit Beschluss vom 09.12.1992 dem Verschmelzungsvertrag zugestimmt.
Damit hatte die COMAC Unternehmensverwaltungs GmbH, München, alle Immobilienwerte erhalten. Und dies zum Nulltarif. Duldung der Vorgänge durch die Verkäuferin THA.

26. Die COMAC Holding, ehemals Firma Odessa GmbH (zusätzliche Übernahme von der THA) übernimmt am 31.12.1993 die Betriebsfirma Zwickauer Maschinenfabrik GmbH (HRB 7743). Bankaussage: Die Holding ist nicht kreditfähig. *Duldung der Vorgänge durch die Verkäuferin THA.*

27. Die COMAC Holding stellt am 22.08.1994 (nach 8 Monate) Antrag auf Gesamtvollstreckung. BvS tritt in die Gläubigergesellschaft als Mehrheitsgläubiger ein. REAL LIZENZ GmbH wurde nicht über die Vorgänge informiert. *VORSATZ. Duldung der Vorgänge durch die Verkäuferin THA (BvS).*

28. Das Leben der neuen Zwickauer Maschinenfabrik GmbH (HRB 7743). Die neue Betriebsfirma Zwickauer Maschinenfabrik GmbH stellte als Teil der COMAC Holding am 20.12.1994 Antrag auf Gesamtvollstreckung. Am 14.07.1995 erfolgte der Konkurs mangels Masse. Akte N 1273/94. *Duldung der Vorgänge durch die Verkäuferin THA.*

29. Die Nachfolgegesellschaft der Treuhandanstalt, die BvS, erklärte sich in 1994 für die Firma Zwickauer Maschinenfabrik GmbH und somit für die

COMAC Holding Pumpen und Verdichter GmbH & Co. KG verantwortlich. Dies, da ein Eigentumswechsel wegen Nichtzahlung des Kaufpreises nicht stattgefunden hat. *VERANTWORTUNG! Auch für die REAL-Kundenfirma. Die Zahlungsunfähigkeit der Holding war bekannt. Die Firmen wurden eventuell geplant in die Gesamtvollstreckung geschickt. Siehe Position 27.*

30. *Die BvS hat in Verantwortung und zur Tarnung der gigantischen, teils kriminellen Abwicklungsvorgänge um die COMAC AG am 22.09.1994 (in der Zeit der Antragstellung auf Gesamtvollstreckung der Holding) durch den alten, gleichen Geschäftsführer Arnold, als Treuhänder für die BvS, eine neue ERSATZ-Firma (AMA GmbH) gegründet.*
Diese Firma wurde am 24.10.1994 umgefirmt in ZM Maschinen- und Anlagentechnik GmbH (HRB 11345) und nach Zwickau verlegt. Am 28.03.1995 wurde Herr Friedrich U. Arnold Geschäftsführer dieser Firma.
Die ZM Maschinen- und Anlagetechnik GmbH hatte somit Zugriff zum REAL-Vermögen in Zwickau.

31. Am 06.10.1994 stellte der Steuerberater der COMAC Unternehmensverwaltungs GmbH, Dr. Vieler aus Chemnitz, (ehemals Berater und Geschäftsführer der THA) Strafanzeige bei der Staatsanwaltschaft wegen Nichtzahlung des Honorars in Höhe von DM 1,3 Mio. durch die COMAC-Gesellschafter. Dieser informierte die Staatsanwaltschaft Chemnitz über alle, teilweise kriminellen Vorgänge um die COMAC AG. Kauf der Aktiengesellschaft ohne eigene Finanzmittel und Beseitigung der Grundstückswerte.
Duldung der Vorgänge durch die Verkäuferin THA.

32. Am 12.12.1994 informierte der BvS-RA Schulz-Asberg Herrn M. Hentschel: Die THA hätte schon eine zweite Firmengeneration nach Zwickau gebracht. Man solle noch nichts wegen dem REAL-Vermögen unternehmen. *VORSATZ.*

33. Am 25.01.1995 stellte der Geschäftsinhaber M. Hentschel, ehemals REAL LIZENZ GmbH und der REAL plastics recycling systems GmbH Strafanzeige in Chemnitz, 310 Js 3187/94
a) Diebstahl oder Unterschlagung von REAL-Vermögen; b) Betrug an der REAL LIZENZ GmbH; c) Evtl. Plünderung der Finanzmittel bei der ZM GmbH durch die Gesellschafter.

34. Am 19.05.1995 stellten die Betriebsräte von Zwickau und Erfurt bei der Staatsanwaltschaft Chemnitz Strafanzeige gegen die Käufer der COMAC AG. Auszug:

Wir zeigen Herrn Noppert an, weil er als niederländischer Staatsbürger schon vor zwei Jahren gegenüber unserem Parteigenossen Klauer aus Erfurt gesagt hat, dass er ganz schnell mit seinem Geld auf steuerfreie holländische Inseln verziehen kann, wo sein Schwiegersohn bereits Geld hat. Klaas Noppert hat was wir wissen:

a) eine vom Frankfurter Steuerberater Dr. Sauer, der auch Gesellschafter der COMAC GmbH ist, ohne Buchhaltungsunterlagen zusammengeschriebene Bilanz für 1993 mit ganz niedrigem Aktivwerten unterschrieben um wohl das was diese Herren seit Monaten verschwinden lassen, nicht erkennbar sein soll.

b) Schecks vom Kaufpreis für die METACON GmbH, für die unsere Kollegen Prager und Frau Beck persönlich bei der Bank haften, von fast DM 2 Millionen Mark nicht auf das COMAC GmbH Konto genommen, sondern wohl zusammen mit den Herren Dr. Müller und Dr. Sauer privat behalten.

c) eines unserer Grundstücke in Zwickau an einem Tag für die Eisengießerei Weißenfels belastet, was schnell im Grundbuch eingetragen worden ist, und dann mit der selben Beurkundungsnummer vom gleichen Tag und dem gleichen Notar für eine andere Firma belastet mit dem gleichen Betrag, was später im Grundbuch eingetragen wurde.

d) Es werden Grundstücke der COMAC GmbH seit letztem November nicht nur mit Notar verkauft sondern auch aufgelassen auf Firmen die den Herren Noppert, Dr. Sauer und Dr. Müller und Frau Müller alleine gehören trotzdem man der Treuhandanstalt fest und schriftlich versprochen hat nichts ins Private zu verschieben. Diese Sachen können Sie im Grundbuch und bei den Banken und bei der Treuhandanstalt selber erfahren.

Wissen und Duldung der Vorgänge durch die Verkäuferin THA.

35. Die neu gegründete Firma **ZM Maschinen- und Anlagentechnik GmbH** in Zwickau (im alten Produktionsgebäude), eine 100 % Gesellschaft der BvS, stellt am 04.09.1995 den ehemaligen Geschäftsführer der Zwickauer Maschinenfabrik GmbH und somit Mitverantwortlichen für die Machenschaften von Mai 1992 bis 26.06.1994, Dr. Lochmann als Prokurist ein. Am 29.01.1997 wird Herr Dr. Lochmann zum Geschäftsführer ernannt.

Die BvS übergibt die Führung der neuen Nachfolgefirma einem alten Mittäter. VORSATZ der Vorgänge durch die Verkäuferin THA (BvS).

36. Im Jahr 2000 wurde eine **Rechnungskopie** der Nachfolgefirma ZM Maschinen- und Anlagentechnik GmbH aufgefunden. Diese Rechnung zeigt mit dem Datum 18.01.1996 den Verkauf des REAL Spezialcontainer SC 200 an die Firma Wenzel GmbH, Zwickau, an. Verkauft unter dem Prokuristen Dr. Lochmann. *REAL-Eigentum wurde damit an Dritte, als Nichteigentümer, verkauft. VORSATZ der Vorgänge durch Mitarbeiter der BvS-Gesellschaft.*

37. Aufgrund des **Konkurses der COMAC Holding** wurde die Staatsanwaltschaft Magdeburg aktiv. Nach einem Gespräch am 14.02.1996 informierte Frau Schäfer, Bundesanstalt für vereinigungsbedingte Sonderaufgaben, Justitiariat Stabstelle Besondere Aufgaben, mit dem Schreiben vom 19.02.1996 die Staatsanwaltschaft über die COMAC-Unternehmensgruppe, AZ: 303918964/95 und über den Verkauf sämtlicher Geschäftsanteile an ihren Tochtergesellschaften an die Investoren Gries und Noppert. Auszug: Aus dem geschilderten Geschehensablauf ergibt sich der Verdacht, dass die Investoren Noppert und Gries von Anfang an beabsichtigten, Eigentum an dem beträchtlichen Grundbesitz der Tochtergesellschaften der COMAC AG zu erlangen und das operative Geschäft der Gesellschaften einzustellen bzw. die operativen Gesellschaften in die Gesamtvollstreckung zu führen. Bei Kenntnis dieser Absicht wäre eine solche Privatisierung seitens der THA nicht erfolgt. Aufgrund einer solchen irrtumsbedingten Vermögensübertragung ist der THA/BvS, die zu 100 % Gesellschafterin der übertragenen Geschäftsanteile war, aufgrund der nur teilweisen Zahlung des Kaufpreises Schaden entstanden, wobei der größte Teil der geleisteten Ratenzahlung durch die gekauften Gesellschaften selbst erfolgt ist.
Ich bitte um Prüfung, ob der geschilderte Sachverhalt bereits Gegenstand des dortigen Ermittlungsverfahrens ist und ggfs. um Erweiterung des Ermittlungsverfahrens.
Kein Hinweis auf die eigene Tätigkeiten der THA/BvS in den Jahren 1992 bis 1996. Kein Hinweis auf den eigenen VORSATZ, Duldung und Fehlverhalten. Keine eigene Strafanzeige gegen die Käufer der COMAC AG. Somit keine Untersuchung gegen die eigenen Mitarbeiter der THA/BvS.

38. *Nachtrag: Alle Werte der Betriebsfirma ZM Maschinen- und Anlagentechnik GmbH und die dort evtl. noch vorhandenen Fremdwerte wurden im Frühjahr 1998 von der BvS an die Firma Sachsenring AG mit Subventionen verkauft und übergeben, auch die restlichen ca. 20 Arbeitskräfte. (Die neuen Inhaber im Fernsehen: "Für Geld übernehmen*

wir jede Firma".) Die Sachsenring AG verkaufte danach die Firma nach Belgien. Das Buch COMAC AG war damit geschlossen. Die Abwicklung (Auflösung aller Werte), die Privatisierung der COMAC AG war nach ca. 6 Jahren durch die THA/BvS abgeschlossen.

39. Die Staatsanwaltschaft Chemnitz hat nach 6 Jahren der NICHTBEAR-BEITUNG der Machenschaften, trotz aller Aktivitäten und Informationen durch die REAL und Dritten, im Dezember 2000 alle Verfahren um die COMAC/THA eingestellt. Die letzte Beschwerde vom 27.12.2000 wurde in Folge abgelehnt. Alle möglichen Betroffenen (Verkäufer und Käufer) um die COMAC AG wurden nicht strafrechtlich verfolgt.

40. Nachtrag: Die BvS informierte sich in den Jahren 1996 bis 2000, laut Akteneinsicht, bei den Staatsanwaltschaften laufend wie folgt: "In oben ge-nanntem Ermittlungsverfahren bitte ich unter Hinweis auf Nr. 185 RiStBV um Akteneinsicht. Sollte eine Akteneinsicht im Moment nicht möglich sein, so darf ich dringlich um die Mitteilung des Sachstandes in dem Verfahren bitten."

41. Nachtrag: Am 01.12.2000 fragte in der REAL-COMAC-THA-Angelegen-heit der Abgeordnete J. Türk beim Präsidenten der BvS, Günter Himstedt, um Auskunft an. Im Brief vom 15.Dezember 2000 schrieb dieser: "Ohne Rechtsgrund kann die BvS keine Leistungen zur Schadensregulierung erbringen. Sie würde einen Präzedenzfall schaffen, dessen Ausmaß nicht absehbar ist. Es ist bedauerlich, wenn die Fa. REAL bzw. Herr Hentschel einen Schaden erlitten hat, dieser ist jedoch keinesfalls auf Verschulden der BvS zurückzuführen."

Auszug aus dem LEXIKON 2000
(aus der deutschen Ausgabe Zweiburgen Verlag GmbH, Weinheim, 1983)

HEHLEREI (Auszüge)
Wer seines Vorteils wegen Sachen, die ein anderer gestohlen oder durch eine
gegen fremdes Vermögen gerichtete Tat erlangt hat, ankauft oder sonst sich
oder einem Dritten verschafft, sie absetzt oder absetzen hilft, wird als Heh-
ler mit Freiheitsstrafe bis zu fünf Jahren oder mit Geldstrafe bestraft (soge-
nannte Sachhehlerei; § 259 StGB).
Wer die Hehlerei gewerbsmäßig betreibt, wird mit Freiheitsstrafe von sechs
Monaten bis zu zehn Jahren bestraft.
Der Täter muss in dem Bewusstsein handeln, dass die Sache durch eine
rechtswidrige Tat erlangt ist, auch wenn er keine Einzelheiten weiß. Der
Täter muss weiter im Bewusstsein handeln, eine rechtswidrige Vermögensla-
ge aufrecht erhalten zu haben. Hierbei muss er in der Absicht handeln, sich
oder einen Dritten bereichern zu wollen. Der Versuch, auch der untaugliche
ist strafbar.
Die Hehlerei unterscheidet sich von der Begünstigung vor allem durch die
verschiedene Willensrichtung des Täters. Bei der Begünstigung, auch wenn
sie eigennützig ist, will der Täter den anderen der Bestrafung entziehen oder
ihm Vorteile sichern, bei der Sachhehlerei will er die Sache an sich bringen
oder für sich beim Absatz mitwirken. Die Begünstigung wendet sich gegen
die Rechtspflege als jeweils geschütztes Rechtsgut, die Sachhehlerei gegen
das Vermögen.

Auszug aus der Original Kaufurkunde:

(439)

THA-Nr. 3529

Beglaubigte Abschrift

Syst.-Nr. 11810
U 1 SM

1x Dok.
1x Htz.
1x Reserve
1xTLG (Auszug)
Anlage 9

Verträge:

∘ THA
∘ K
∘ Conac Af

U R K U N D E

DES NOTARS

R O L A N D   K L E I N

IN CH-4051 BASEL

Urkunden-Nr.: Not. Prot. 51/1992

Notarieller Kaufvertrag

Vor mir, dem unterzeichneten öffentlichen Notar zu Basel sind heute erschienen:

1. Werner Lucke, ausgewiesen durch seinen Personalausweis (DDR) A 0347172, handelnd nicht in eigenem Namen sondern gemäss dieser Urkunde beigehefteter Vollmacht vom 22. Mai 1992, für die Treuhandanstalt, Leipziger Strasse 5-7, O-1080 Berlin,

- im folgenden "Verkäuferin" -

2. Karl Erwin Gries, geb. am 17.11.1938, wohnhaft Otkarstrasse 10, in W-8183 Rottach-Egern, ausgewiesen durch seinen Personalausweis (D) 8232016563,

- im folgenden "Käufer zu 1)" -

3. Klaas Noppert, geb. am 7.3.1944, wohnhaft Tölzerstrasse 39, in W-8184 Gmund am Tegernsee, ausgewiesen durch seinen Reisepass (NL) 385516 T,

- im folgenden "Käufer zu 2)" -

Die Erschienenen zu 2. und 3. handelnd für sich selbst und für die Comac Unternehmensverwaltung GmbH mit Sitz in W-8000 München

- im folgenden "Käufer zu 3)" -

eingetragen im Handelsregister des Amtsgerichts München, HRB 98821, unter Vorlage einer beglaubigten Abschrift der Handelsregisteranmeldung, aus der die Berechtigung der Erschienenen zu 2. und 3., die vorgenannte Gesellschaft zu vertreten, ersichtlich ist.

Die Käufer zu 1) bis 3) werden im folgenden auch gemeinsam "Käufer" genannt.

4. Dr. Siegfried Dommer, ausgewiesen durch seinen Reisepass (DDR) RA 1652376,

5. Dieter Götte, ausgewiesen durch seinen Personalausweis (DDR) J 1359151,

handelnd als gesamtvertretungsberechtigte Vorstandsmitglieder der Comac AG Pumpen und Verdichter mit Sitz in O-4070 Halle

- im folgenden "Comac" -

unter Vorlage eines Handelsregisterauszuges des Kreisgerichts Halle, HRB - 08 - 518 vom 21.05.1992, aus dem ihre Berechtigung, die vorgenannte Gesellschaft zu vertreten, ersichtlich ist.

Die Erschienenen zu 1. bis 5. haben mir, dem Notar, erklärt, folgenden Kaufvertrag in öffentlicher Urkunde abschliessen zu wollen:

Präambel

Die Comac produziert in erster Linie Pumpen und Kompressoren. Daneben ist die Comac noch im Engineering und Anlagenbau tätig. Die Comac wurde als ehemaliges Kombinat der früheren Deutschen Demokratischen Republik am 1X.X.1990 in eine Aktiengesellschaft mit Sitz in Halle umgewandelt. Sämtliche Aktien der Comac werden von der Verkäuferin gehalten.

Die Käufer beabsichtigen, von der Verkäuferin sämtliche Aktien an der Comac zu erwerben und die Unternehmen der Tochtergesellschaften der Comac fortzuführen. Vor Abschluß dieses Vertrages haben sich die Käufer über die rechtlichen und tatsächlichen Verhältnisse der Comac und ihrer Tochtergesellschaften ausführlich informiert. Die Käufer wollen gemäß dem in Anlage 1 beigefügten Unternehmenskonzept die Leistungsstärke und Wettbewerbsfähigkeit der Comac weiter ausbauen. Dazu werden die Käufer in den nächsten 3 Jahren insgesamt DM 20 Mio investieren und bis zum 31.12.1994 insgesamt 1.200 Arbeitsplätze in der Comac sichern bzw. schaffen. Diese Absichten basieren auf dem geplanten Fertigungsumsatz im bisherigen Kerngeschäft in Höhe von DM 70 Mio in 1992 und DM 90 Mio in 1993.
Die dingliche Übertragung der Comac und ihrer Beteiligungsgesellschaften erfolgt zunächst im Wege der Übertragung der einzelnen Tochter-GmbH durch die Comac auf die Käufer. Sodann überträgt die Verkäuferin die Comac auf die Käufer.
Die schuldrechtliche Grundlage der Übertragung der Beteiligungsgesellschaften durch die Comac stellt der nachfolgende Vertrag dar. Die Comac erfüllt mit diesen Übertragungen keine eigenen Verpflichtungen, sondern nur solche der Verkäuferin. Diese Form der Übertragung der Comac nebst ihrer Beteiligungsgesellschaften wurde gewählt, um hinsichtlich der restitutionsbefangenen Beteiligungsgesellschaften mittels Durchführung der Verfahren gem. § 3a VermG in kurzer Zeit eine Rechtssicherheit herbeizuführen.

Dieses vorausgeschickt, vereinbaren die Parteien folgendes:

§ 1
Vertragsgegenstand

1. Die Comac ist als Aktiengesellschaft am 1X.X.1990 entstanden durch die Umwandlung der ehemaligen VEB Kombinat Pumpen und Verdichter Halle und VEB Pumpenwerke Halle. Die Eintragung der Comac im Handelsregister des Kreisgerichts Halle unter HRB 08-518 erfolgte am 13.8.1990. Der Sitz der Comac ist Halle.

22.05.92/brö24-5

2. Das Grundkapital der Comac beträgt nominal DM 100.000,-
(Deutsche Mark einhunderttausend), während im
Handelsregister noch 1 Mio Mark der DDR eingetragen sind.
Die Verkäuferin ist Alleingesellschafterin der Comac und
hält alle 2.000 Inhaberaktien im Nennwert von je DM 50.
Die Aktien sind bisher nicht verbrieft.

3. Die Comac ist an den in der Anlage 2 aufgelisteten Gesellschaften zu den darin genannten Quoten beteiligt. Sämtliche
in der Anlage 2 aufgeführten Gesellschaften werden im folgenden gemeinsam als "Beteiligungsgesellschaften"
bezeichnet. Die Comac und ihre Beteiligungsgesellschaften
werden gemeinsam "Gesellschaften" genannt.

4. Im Eigentum der Comac und ihrer Beteiligungsgesellschaften
befinden sich Grundstücke, die abschließend in der Anlage 3
zu diesem Vertrag aufgeführt sind. Gebäude sind darin nur
insoweit gesondert aufgeführt, als diese einem gesonderten
Gebäudeeigentum unterliegen.

§ 2
Verkauf und Abtretung

1. Die Verkäuferin verkauft an die Käufer und die Käufer kaufen
von der Verkäuferin die unter § 1 Abs. 2 bezeichneten An-
teile der Verkäuferin an der Comac im Nennbetrag von
DM 100.000,- im folgenden Verhältnis:
Der Käufer zu 1) erwirbt Anteile im Nominalwert von
DM 2.500,-, d. h. 50 Aktien im Nennbetrag von 50,- DM.
Der Käufer zu 2) erwirbt Anteile im Nominalwert von
ebenfalls DM 2.500,-, d. h. 50 Aktien im Nennbetrag von
50,- DM.
Der Käufer zu 3) erwirbt Anteile im Nominalwert von
DM 95.000,-, d. h. 1.900 Aktien im Nennbetrag von 50,- DM.
Der Verkauf erfolgt mit wirtschaftlicher Wirkung zum
31.12.1991, 24.00 Uhr (im folgenden auch "Erwerbsdatum"
genannt).

2. Die Abtretung der in § 1 Abs. 2 und 3 bezeichneten Anteile
("Closing") erfolgt mit Wirkung zum Stichtag unter den aufschiebenden Bedingungen der Zahlung eines Teilbetrages des
Kaufpreises in Höhe von DM 10 Mio sowie der Aushändigung
einer selbstschuldnerischen Bankbürgschaft an die Verkäuferin in Höhe des Restkaufpreises von DM 7,5 Mio nebst
9 % Zinsen mit einer Laufzeit bis 30.4.1993

22.05.92/brö24-5

§ 3
Kaufpreis

1. Kaufpreis für die in § 1 Abs. 2 bezeichneten Aktien und die
in § 1 Abs. 3 bezeichneten Geschäftsanteile beträgt
DM 17.500.003,- (Deutsche Mark: siebzehnmillionenfünf-
hunderttausendunddrei). Die Käufer zu 1) und 2) schulden
hieraus jeweils einen Betrag von DM 437.500,-, der Käufer zu
3) schuldet DM 16.625.000,-. Die Kaufpreisaufteilung auf die
einzelnen Gesellschaften ergibt sich aus Anlage 2.
Darin enthalten ist ein Anteil von DM 3 Mio für die
Kostenbeteiligung der Verkäuferin bei einer etwaigen
ökologischen Altlastensanierung bei den Gesellschaften. Der
von den Käufern zu 1) und 2) geschuldete Kaufpreis sowie
ein auf den Käufer zu 3) entfallender Kaufpreisanteil in
Höhe von DM 9.125.000,- ist innerhalb von 6 Wochen nach der
Beurkundung dieses Vertrages auf das Konto der Verkäuferin
bei der Deutschen Bank AG Berlin, Konto-Nr.: 117 90 35,
BLZ: 120 700 00, unter Angabe der Systemnummer 11 810 zu
zahlen. Innerhalb derselben Frist haben die Käufer die in
§ 2 Abs. 2 beschriebene Bürgschaft beizubringen und der Verkäuferin die Originalbürgschaftsurkunde auszuhändigen. Der
Restkaufpreis ist mit 9 % p. a. verzinslich bis zum
31.3.1993 gestundet. Die Zinsen sind mit der Schlußzahlung
auf das vorstehende Konto der Verkäuferin zu zahlen.

2. Die Aufrechnung oder die Ausübung eines Zurückbehaltungs-
rechts gegen die Kaufpreisforderung wird ausgeschlossen, es
sei denn, die Gegenforderung sei unbestritten oder
rechtskräftig festgestellt.

3. § 454 BGB findet keine Anwendung.

4. Sollte der Kaufpreis nicht fristgerecht gezahlt werden, so
ist er ab Fälligkeit mit 4 % Punkten p. a. über dem
jeweiligen Diskontsatz der Deutschen Bundesbank zu
verzinsen.

5. Wegen der Zahlung des Kaufpreises und in dessen Höhe unter-
werfen sich die Käufer der sofortigen Zwangsvollstreckung in
ihr gesamtes Vermögen und ermächtigen den beurkundenden
Notar, vollstreckbare Ausfertigung der Verkäuferin zu erteilen, ohne daß es des Nachweises der die Fälligkeit begrün-
denden Tatsachen bedarf.

22.05.92/brö24-5

§ 4
Bei der Kaufpreisbildung nicht berücksichtigte wesentliche Vermögenswerte

1. Die Parteien gehen übereinstimmend davon aus, daß den Gesellschaften lediglich die in der Anlage 3 aufgeführten Immobilien (Grund und Boden und Gebäude) und darüber hinaus keine weiteren Immobilien gehören oder Übertragungsansprüche im Hinblick auf Immobilien nach der 5. Durchführungsverordnung zum Treuhandgesetz oder nach sonstigen Vorschriften zustehen. Weiterhin gehen die Parteien davon aus, daß den Gesellschaften keine Ansprüche aus Nachbewertungs-, Spekulations-, Beschäftigungs-, Investitions- oder ähnlichen Klauseln aus seit dem 1.7.1990 zu Zwecken der Privatisierung abgeschlossenen Grundstücks- oder Unternehmensverkaufsverträgen (insbesondere auf nachträgliche Erhöhung von Kaufpreisen oder auf Zahlung von Pönalen) zustehen. Der Kaufpreis in Höhe von DM 752.800,- aus dem Grundstückskaufvertrag zwischen der Spezialpumpen Berlin GmbH und der Vierte "Aruscha" Warenhandelsgesellschaft mbH vom 29.11.1991, beurkundet von dem Notar von Seldeneck (UR.-Nr. 321/91) mit Amtssitz in Berlin, verbleibt bei der Spezialpumpen Berlin GmbH.

2. Sofern sich diese Annahme als unzutreffend erweisen sollte, sind die Gesellschaften verpflichtet, der Verkäuferin dies unverzüglich anzuzeigen und derartige nicht in der Anlage 3 aufgeführte Immobilien unverzüglich ohne Gegenleistung auf die Verkäuferin zu übertragen. Dasselbe gilt, falls sich herausstellen sollte, daß die Gesellschaften Inhaber von Patenten, Warenzeichen, Urheberrechten oder sonstigen vergleichbaren Rechten sind, die in der DM-Eröffnungsbilanz nicht angesetzt wurden.
Etwaige Übertragungsansprüche gemäß der 5. DVO oder Ansprüche aus den in Absatz 1 Satz 2 genannten Klauseln werden vorsorglich bereits hiermit an die Verkäuferin abgetreten. Die Käufer stehen für die Erfüllung der Verpflichtungen der Gesellschaften gegenüber der Verkäuferin ein.

§ 5
Entschuldung

1. Die Verkäuferin verpflichtet sich, die Gesellschaften von sämtlichen in der DM-Eröffnungsbilanz aufgeführten Altverbindlichkeiten gegenüber Kreditinstituten, die derzeit in Höhe von DM 64.609.049,78 (in Worten: Deutsche Mark vierundsechzigmillionensechshundertneuntausendneunundvierzig komma achtundsiebzig) valutieren nebst etwaiger

22.05.92/brö24-5

*) Die Verkäuferin bestätigt, dass die Gesellschaft Spezialpumpen [...] keinerlei Altverbindlichkeiten (Verbindlichkeiten gegenüber Kreditinstituten und/oder Gesellschafterdarlehen) mehr hat. (genauer Wortlaut beigefügt) [Unterschrift], Unter[...]

6

Zinsen für die Vergangenheit und Zukunft nach Vertragschluß
zu entschulden. Hierin enthalten ist ein Betrag von
DM 52.338.484,03 (in Worten: Deutsche Mark zweiundfünfzig-
millionendreihundertachtunddreißigtausendvierhundertvier-
undachtzigkommadrei), der in Gesellschafterdarlehen zwischen
der Comac und ihren Beteiligungsgesellschaften umgewandelt
wurde. Die Entschuldung durch die Verkäuferin führt zur Til-
gung der jeweiligen Darlehensverbindlichkeiten, deren Valu-
tierung sich aus Anlage 4 ergibt. *)
Die übrigen Verbindlichkeiten der Gesellschaften verbleiben
bei diesen.

2. Im Hinblick auf die vorgenannten Verpflichtungen der
Verkäuferin vereinbaren die Parteien, daß hierdurch alle
etwaigen Ausgleichsforderungen der Comac gegen die
Verkäuferin nach § 24 DM-Bilanzgesetz einschließlich von
solchen, die sich aufgrund einer etwaigen nachträglichen
Änderung der DM-Eröffnungsbilanz ergeben, erfüllt sind.
Die Verkäuferin lehnt die Anerkennung derartiger
Ausgleichsansprüche ab, die Comac verzichtet auf derartige
Ansprüche, und die Käufer werden die Verkäuferin von einer
Inanspruchnahme auf Grundlage derartiger Ansprüche von der
Comac freistellen.

§ 6
Bürgschaften

1. Die Verkäuferin hat für die Verbindlichkeiten der Comac
gegenüber verschiedenen Gläubigern Bürgschaftserklärungen
abgegeben. Es handelt sich dabei im wesentlichen um die aus
der Anlage 5 ersichtlichen Verbindlichkeiten der Comac.

2. Die Käufer verpflichten sich zu bewirken, daß die Comac
diese Verbindlichkeiten fristgerecht erfüllt. Die Käufer
verpflichten sich ferner, darauf hinzuwirken, daß die
Verkäuferin aus den genannten Bürgschaftsverpflichtungen
entlassen wird. Solange ihnen dies nicht gelungen ist,
haben die Käufer die Verkäuferin im Falle einer Inanspruchnahme aus diesen Bürgschaftsverpflichtungen auf
erstes Anfordern freizustellen.

§ 7
Unternehmensverträge

1. Die Gesellschaften haben am 28.12.1990 die in Anlage 6
verzeichneten Unternehmensverträge im Sinne der §§ 291 ff.
Aktiengesetz abgeschlossen. Diese Verträge sollen jedoch
nicht durchgeführt werden. Die Geschäftsführungen der
Beteiligungsgesellschaften haben die Anträge auf Eintragung
der Unternehmensverträge im Handelsregister zurückgezogen.

22.05.92/brö24-5

§ 9
Rechtsfolgen bei Verletzung von Gewährleistungen, Haftung, Verjährung

1. Wenn eine der in § 8 gegebenen Gewährleistungen unrichtig ist, hat die Verkäuferin den Zustand herzustellen, der bestehen würde, wenn die Gewährleistungen richtig gewesen wären. Ansprüche der Käufer nach Satz 1 können jedoch nur geltend gemacht werden, wenn der Wert des Anspruches im Einzelfall DM 10.000,- oder der Wert aller begründeten Ansprüche insgesamt DM 100.000,- überschreiten.

2. Weitergehende Ansprüche, die über die in § 9 Abs. 1 genannten Ansprüche hinausgehen, insbesondere Schadensersatzansprüche und gesetzliche Rücktritts- oder Wandlungsrechte, sind ausgeschlossen. Im übrigen ist die Gesamtheit der Ansprüche auf die Höhe des Kaufpreises beschränkt.

3. Alle Ansprüche der Käufer nach diesem Vertrag sind innerhalb eines Jahres nach Vertragsschluß schriftlich gegenüber der Verkäuferin geltend zu machen. Die spätere Geltendmachung von Ansprüchen ist ausgeschlossen. Bei ordnungsgemäßer Geltendmachung verjähren diese Ansprüche 6 Monate nach Geltendmachung.

§ 10
Spekulationsklausel

1. Sofern und sobald die Gesellschaften die in der Anlage 3 zu diesem Vertrag aufgeführten Grundstücke vor dem 1. Januar 1997 ganz oder teilweise veräußern, längerfristig, d. h. für mehr als 5 Jahre, vermieten, verpachten, verleasen oder einem Erbbaurecht unterstellen, ist jeweils eine Nachbewertung des hiervon betroffenen Teils des Grund und Bodens durchzuführen. Das Gleiche gilt für den Fall eines Verkaufes von insgesamt mehr als 75 % der Gesellschaftsanteile von Unternehmen, die Eigentümer eines der in Anlage 3 bezeichneten Grundstückes sind. Die Käufer sind verpflichtet, die Verkäuferin unverzüglich über den Abschluß eines derartigen Vertrages zu informieren. Eine Veräußerung von Grundstücken der Gesellschaften löst keine Nachbewertung aus, wenn der Verkaufserlös reinvestiert oder zum Ausgleich von Verlusten der jeweils als Verkäuferin auftretenden Gesellschaft verwandt wird.

22.05.92/brö24-5

§ 11
Arbeitsplatzsicherung, Investitionen, Vertragsstrafe

1. Die Käufer verpflichten sich, in den Unternehmen der Comac bis zum 31.12.1993 mindestens 860 Vollzeitarbeitsplätze einschließlich Auszubildender ständig zu besetzen. Die Parteien stimmen überein, daß vorgenannte Verpflichtung ein wesentlicher Faktor für das Zustandekommen des Vertrages war. Sie vereinbaren daher eine Vertragsstrafe, sofern die Käufer diese Verpflichtung nicht oder nicht vollständig erfüllen. Im Falle der teilweisen oder vollständigen Nichterfüllung dieser Verpflichtung verwirkt der Käufer zu 3) eine Vertragsstrafe von DM 25.000,- per annum für jeden nicht ständig besetzten Vollzeitarbeitsplatz.

2. Die Käufer stehen dafür ein, daß die gemäß dem in Anlage 1 aufgeführten Unternehmenskonzept (S. 17) vorgesehenen Investitionen in Höhe von insgesamt DM 20 Mio bis zum 31.12.1995 in den einzelnen Gesellschaften der Comac vorgenommen und dort belassen werden. Im Falle der teilweisen oder vollständigen Nichterfüllung der vorgenannten Investitionszusage verpflichtet sich der Käufer zu 3) zur Zahlung einer Kaufpreiserhöhung in Höhe von 25 % des die Summe von DM 20 Mio unterschreitenden Betrages.

3. Über die Zahl der beschäftigten Arbeitnehmer und die getätigten Investitionen haben die Käufer der Verkäuferin zum 31.12.1992 und 1993 bzw. 1994 und 1995 nur für Investitionen schriftlich Auskunft zu erteilen und einen Nachweis in geeigneter Form zu erbringen, z. B. durch eine Bestätigung des Abschlußprüfers.

4. Die Käufer verpflichten sich zur gewerblichen Nutzung aller zum Zeitpunkt des Vertragsschlusses bestehenden Betriebsstandorte der Gesellschaften bis zum 31.12.1995.

§ 12
Sozialplankosten

Die Verkäuferin verpflichtet sich zur Übernahme anfallender Sozialplankosten, maximal bis zur Höhe nach der Richtlinie für Treuhandunternehmen, für einen Personalabbau auf 860 Arbeitnehmer einschließlich Auszubildender bis zum 31.12.1992. Für ~~Beendigungen~~ von Arbeitsverhältnissen zu einem späteren Zeitpunkt erfolgt keine Kostenbeteiligung. Die Kostenbeteiligung erfolgt auch lediglich für die Entlassung von Arbeitnehmern, die zum Zeitpunkt des Erwerbsdatums bereits bei den Gesellschaften beschäftigt waren. Die Verkäuferin verzichtet außerdem auf die Rückzahlung der den Gesellschaften bereits geleisteten Sozialplanzweckzuwendungen, soweit die ordnungsgemäße Verwendung dieser Beträge nachgewiesen wird.

22.05.92/brö24-5

Die Abnahme der festgelegten Maßnahmen erfolgt auf der Grundlage des Lastenheftes gemeinschaftlich durch die Käufer/Gesellschaften und die Verkäuferin. Die Käufer/Gesellschaften gewähren jederzeit Einsicht in sämtliche für diesen Vorgang relevante Geschäftsunterlagen.

c) Bei Gefahr im Verzug sind sofortige Maßnahmen durch die jeweils betroffenen Gesellschaften geboten. Die Verkäuferin wird unverzüglich darüber unterrichtet. Über den Umfang der Maßnahmen ist mit der zuständigen Umweltbehörde kurzfristig Einverständnis herbeizuführen.

d) Falls die Beseitigung der Altlasten im Zusammenhang mit einer Baumaßnahme erfolgt, ist eine Aufteilung vorzunehmen in Baukosten, die ohnehin angefallen wären, und Sanierungskosten, die ausschließlich wegen der Altlasten anfallen. Eine Kostenbeteiligung seitens der THA erfolgt nur hinsichtlich der so definierten Sanierungskosten, (Kosten der Gefahrenabwehrmaßnahmen).

e) Die Kosten für die Gefahrenabwehrmaßnahmen tragen

    aa) bis zu einem Betrag von DM 5 Mio der Käufer zu 3)/ Gesellschaften zu 35 %, die Verkäuferin zu 65 %

    bb) darüber hinausgehende Kosten bis zu einem Betrag von DM 10 Mio der Käufer zu 3)/Gesellschaften allein

    cc) die Verkäuferin alle den Betrag von DM 10 Mio übersteigenden Kosten.

4. Wird die Freistellung nach dem Umweltrahmengesetz durch die zuständige Behörde mit Auflagen versehen, findet die vorstehende Kostenvereinbarung entsprechende Anwendung.

5. Sanierungsmaßnahmen sind so kostengünstig wie unter den gegebenen Umständen nur möglich durchzuführen. Eigenleistungen der Käufer/Gesellschaften werden nur dann erstattet, wenn sie kostengünstiger erbracht wurden als Fremdleistungen.

6. Die vorstehenden Ziffern regeln die Kostentragung der Verkäuferin abschließend; insbesondere besteht keine Kostentragungspflicht für einen bei den Käufern/Gesellschaften anfallenden allgemeinen Verwaltungsaufwand, für Betriebsbeeinträchtigungen, Betriebsunterbrechungen und/oder entgangenen Gewinn.

7. Ansprüche auf Grund dieser Regelung sind bis spätestens 31.12.1994 gegenüber der Verkäuferin geltend zu machen. Eine spätere Geltendmachung ist ausgeschlossen. Sie verjähren 6 Monate nach schriftlicher Geltendmachung.

22.05.92/brö24-5

§ 14
Rechtsbeziehungen bei Ansprüchen nach dem Gesetz zur Regelung offener Vermögensfragen (VermG)

1. Den Parteien sind lediglich die in Anlage 8 aufgeführten Anmeldungen über Rückübertragungsansprüche nach dem VermG bekannt. Die Verkäuferin hat sich bei den zuständigen Behörden dahingehend vergewissert. Die Parteien sind deshalb übereinstimmend der Auffassung, daß der Verkauf und die Übertragung der verkauften Aktien keine Verletzung des Verfügungsverbotes nach § 3 Abs. 3 VermG darstellen. Die Parteien gehen übereinstimmend davon aus, daß Ansprüche nach dem VermG auch zukünftig nicht erfolgreich gegen die Comac geltend gemacht werden können, sondern eventuelle Anspruchsteller lediglich auf eine Entschädigung verwiesen werden.

2. Hinsichtlich der Ansprüche auf Rückübereignung von Grundstücken und Betriebsteilen nach dem Vermögensgesetz gegen die Beteiligungsgesellschaften werden die Käufer die Verkäuferin unverzüglich informieren. Soweit erforderlich, werden im Rahmen des vorliegenden Verkaufs Verfahren gem. § 3a VermG durchgeführt.
Die Käufer werden dann die Beteiligungsgesellschaften unter Mitwirkung der Verkäuferin gegen solche Ansprüche verteidigen. Sollten solche Ansprüche gegen die Beteiligungsgesellschaften rechtskräftig durchgesetzt werden, können die Käufer von der Verkäuferin eine Entschädigung in Höhe des Bilanzansatzes (DM-Eröffnungsbilanz in der bei Vertragsschluß vorliegenden Fassung) für das betreffende Grundstück nebst Gebäuden verlangen. Kann nach Durchführung der Rückübertragungsansprüche den Käufern ein Festhalten an dem Vertrag wirtschaftlich nicht zugemutet werden, können sie statt einer Entschädigung auch einen Rücktritt vom Vertrag verlangen. Im Falle des Rücktrittes sind die wechselseitig gewährten Leistungen ex tunc zurückzuerstatten.
Darüber hinausgehende Ansprüche z. B. auf Aufwendungsersatz oder Verwendungsersatz, insbesondere für getätigte Investitionen, oder Schadensersatzansprüche sind ausgeschlossen. Ein eventuell nach VermG gewährter Wertausgleich soll jedoch den Käufern zustehen.

3. Im übrigen sind die Ansprüche auf Minderung oder Rücktritt vom Vertrag innerhalb von drei Monaten nach erfolgter Rückübereignung schriftlich gegenüber der Verkäuferin geltend zu machen. Anderenfalls sind die Käufer mit derartigen Ansprüchen ausgeschlossen. Im Falle einer ordnungsgemäßen Geltendmachung verjähren diese Ansprüche 6 Monate nach Geltendmachung.

22.05.92/brö24-5

4. Verlangt ein Berechtigter gemäß § 3a Abs. 5 VermG oder
   § 3 InvestG die Zahlung eines den Verkaufserlös überstei-
   genden Verkehrswertes, so übernehmen Verkäuferin und Käufer
   diese Zahlungsverpflichtung hälftig.

§ 15
Verfügungsermächtigung

1. Die Parteien sind sich einig, daß die in Anlage 9
   aufgeführten Grundstücke der Beteiligungsgesellschaften
   Pumpenfabrik Salzwedel GmbH und Zwickauer Maschinenfabrik
   GmbH nicht betriebsnotwendig und daher wirtschaftlich nicht
   Gegenstand dieses Kaufvertrages sein sollen. Die Parteien
   vereinbaren daher folgendes:

   a) Die Pumpenfabrik Salzwedel GmbH und die Zwickauer Ma-
      schinenfabrik GmbH beauftragen die Verkäuferin unkünd-
      bar mit der Privatisierung und/oder Rückübertragung der
      in Anlage 9 aufgeführten Grundstücke. Die Verkäuferin
      unterliegt bei der Ausführung des Auftrages keinen
      Weisungen der Gesellschaften.

   b) Zugleich ermächtigen die beiden Gesellschaften die Ver-
      käuferin unwiderruflich, über die in Anlage 9 aufge-
      führten Grundstücke zum Zwecke der Veräußerung an Dritte
      oder der Rückübertragung zu von ihr festgesetzten Kon-
      ditionen zu verfügen.

   c) Die Verkäuferin ist berechtigt, bei Veräußerung eines
      restitutionsbelasteten Grundstücks an Dritte den Erlös
      einzubehalten und entsprechend den Regelungen des Ver-
      mögensgesetzes an die Berechtigten abzuführen. Im übrigen
      ist die Verkäuferin berechtigt, den Verkaufserlös als
      Gegenleistung für die von ihr vorgenommene Entschuldung
      zu behalten.

   d) Die beiden Gesellschaften verpflichten sich, Weisungen
      der Verkäuferin im Hinblick auf die Grundstücke zu be-
      folgen und die Verwaltung und Bewirtschaftung sowie
      sonstige Geschäfte bzgl. der Grundstücke gem. § 3 Abs. 3
      Satz 2 ff. VermG zu führen. Die Gesellschaften werden der
      Verkäuferin auf Verlangen alle Auskünfte erteilen, Rech-
      nungen legen und Unterlagen zur Verfügung stellen und
      ggf. beschaffen.

   e) Die Verkäuferin ist berechtigt, sich bei der Erfüllung
      des Auftrages durch die Liegenschaftsgesellschaft der
      Treuhandanstalt mbH (TLG) vertreten zu lassen. Die Ver-
      käuferin/TLG wird den Auftrag nach Maßgabe des Vorstands-
      beschlusses vom 10.9.1991 "Zur Organisation der Verwer-
      tung und Verwaltung von Treuhandliegenschaften" aus-
      führen.

22.05.92/brö24-5

§ 16
Steuern und Kosten

1. Kosten und Auslagen der Vertragsparteien im Zusammenhang mit der Vorbereitung, dem Abschluß und der Durchführung dieses Vertrages einschließlich der Kosten ihrer Berater sowie Kosten etwaiger Vollmachten und Genehmigungen tragen die jeweiligen Vertragsparteien selbst.

2. Steuern auf das Einkommen oder den Gewinn (einschließlich Gewerbesteuer), insbesondere auf einen etwaigen Veräußerungsgewinn, welcher im Zusammenhang mit diesem Vertrag entsteht, werden von der Partei getragen, gegen die eine solche Steuer nach Maßgabe des Steuerrechts festgesetzt wird.

3. Alle sonstigen Steuern und Kosten im Zusammenhang mit dem Abschluß und der Durchführung dieses Vertrages tragen die Käufer, soweit in diesem Vertrag nicht ausdrücklich etwas anderes vereinbart wird.

§ 17
Schlußbestimmungen

1. Dieser Vertrag steht unter der aufschiebenden Bedingung der Genehmigung durch den Vorstand der Treuhandanstalt.

2. Dieser Vertrag einschließlich seiner Anlagen ersetzt alle früheren Vereinbarungen zwischen den Parteien hinsichtlich seines Gegenstandes und gibt insoweit sämtliche Vereinbarungen zwischen den Parteien erschöpfend wieder.

3. Änderungen oder Ergänzungen dieses Vertrages bedürfen der Schriftform sowie der ausdrücklichen Bezugnahme auf diesen Vertrag, sofern und soweit gesetzlich nicht zwingend eine weitergehende Form vorgeschrieben ist. Dies gilt auch für einen Verzicht auf das Schriftformerfordernis.

4. Überschriften dieses Vertrages dienen nur der Übersichtlichkeit und finden bei der Auslegung des Vertrages keine Berücksichtigung.

5. Sämtliche Anlagen zu diesem Vertrag sind Bestandteile des Vertrages.

22.05.92/brö24-5

Die
Bundesrepublik Deutschland
ist kein Schurkenstaat

Es gibt nur zu viele
Schurken im Staat
Bundesrepublik Deutschland

Martin Hentschel

Aufruf:

Der dargestellte Fall "Wiedervereinigungskriminalität COMAC AG" ist sicherlich keine Ausnahme. Die Vorgehensweise und die Handlung der beteiligten Personen zeigen Grundmuster, ein System innerhalb der Autorität und Hierarchie unserer Demokratie.

Die Öffentlichkeit ist ein Mittel, um Macht und Herrschaft, Willkürmaßnahmen und Unrechtsentscheidungen der Behörden einzudämmen.

Kontrollieren Sie die Kontrolleure.

Wenn Sie Hinweise zum Thema liefern können, Dokumente haben oder Erlebnisberichte, informieren Sie mich bitte:

Schicken Sie Ihr Material an:

Martin Hentschel
Postfach 770
D-97308 Kitzingen